MARINA PROKOPP

Halloween Night – Gefährliche Küsse

AF281995

MIX
Papier aus verantwortungsvollen Quellen
Paper from responsible sources
FSC® C105338
FSC
www.fsc.org

Das Buch

Ausgerechnet an Halloween wird Kat zu einem Vorstellungsgespräch eingeladen.

Anstatt sich mit ihren Freundinnen auf einer Party zu amüsieren, gerät sie bei der Fahrt in einen heftigen Sturm. Durch einen umgestürzten Baum und die nasse Fahrbahn landet Kat mit ihrem Wagen im Straßengraben.

Völlig durchnässt erreicht sie die Villa ihres Arbeitgebers und wird von einem attraktiven, aber gefährlichen Mann erwartet ...

Weitere Informationen zu Marina Prokopp finden Sie am Ende des Buches.

Marina Prokopp

HALLOWEEN NIGHT

Gefährliche Küsse

Roman

Impressum

Bibliografische Information der Deutschen Nationalbibliothek:
Die Deutsche Nationalbibliothek verzeichnet diese Publikation in der Deutschen Nationalbibliografie; detaillierte bibliografische Daten sind im Internet über
http://dnb.dnb.de abrufbar.

Cover: © Cover-Design by Nancy Salchow
Unter Verwendung der Grafiken
#253160978 © by Strelciuc,
#586623974 © by Aliaksandr Siamko,
#512158525 © by Simon

Korrektorat: Korrektorat Ellipse

Sämtliche Personen in diesem Text sind frei erfunden. Ähnlichkeiten mit lebenden oder verstorbenen Personen sind zufällig.

Herstellung und Verlag: BoD – Books on Demand, Norderstedt

ISBN: 978-3-7578-6143-8

„Wenn man immer nur tut, was sich gehört,
verpasst man den ganzen Spaß.“

Katherine Hepburn

Kapitel 1

„Er hob das Messer. Panisch schrie die junge Frau auf und lief los. Obwohl sie wusste, dass es aussichtslos war, rannte sie um ihr Leben. Nach wenigen Metern spürte sie seinen übelriechenden Atem im Nacken ...“

Wie gebannt lauschte Kat der Stimme des Hörbuchsprechers. Ihr Herz klopfte vor Aufregung und sie fieberte mit der Protagonistin mit.

Ein Schild wies sie darauf hin, dass sie die Hauptstraße verlassen und auf eine kleine Nebenstraße wechseln musste. Da sie sich in dieser Gegend nicht auskannte und sie aufpassen sollte, nicht falsch abzubiegen, schaltete sie das Hörbuch ab und wechselte zu einem lokalen Musiksender. Sie drehte den Ton leiser und zwang sich, den Blick wieder auf die Fahrbahn zu richten.

Der Wind hatte an Stärke zugelegt und die Bäume bogen sich gespenstisch. Ihr kleines Auto wackelte, als sie eine schmale Brücke überquerte. Verkrampft hielt sie sich am Lenkrad fest.

Verdammt, sie war zu spät losgefahren, wodurch sie in Zeitdruck geraten war. Hätte sie sich nicht drei Mal umgezogen und anschließend noch ihre Schuhe putzen müssen, dann wäre sie rechtzeitig gestartet.

Eine beklemmende Dunkelheit senkte sich über die verlassene schmale Straße. Erste Regentropfen klatschten auf die Windschutzscheibe und sie aktivierte die Scheibenwischer. Unvermittelt erhellte ein Blitz die dunkle Umgebung und ließ sie zusammenzucken.

Heute Abend war Halloween und anstatt mit ihren Freundinnen eine angesagte Party zu besuchen, fuhr sie zu einem persönlichen Vorstellungsgespräch für einen Job als Assistentin, den sie durch eine Anzeige im Internet entdeckt hatte. Nach der schriftlichen Bewerbung hatte sie zwei kurze Telefonate geführt und die Jobbeschreibung klang vielversprechend. Einzig die Arbeitszeiten waren etwas speziell. Ihr möglicher neuer Vorgesetzter verlangte ein hohes Maß an Flexibilität, dafür würde sie ein stattliches Gehalt erhalten. Warum das erste persönliche Treffen ausgerechnet an Halloween stattfinden sollte, hatte sie nicht herausfinden können. Der Mann hatte ihr den Termin kurzfristig per Mail gesendet und mit knappen Worten darum gebeten, dass sie am Abend zu ihm kommen solle. Durch die Gespräche wusste sie, dass er von zu Hause aus arbeitete und sie sich deshalb in Zukunft ebenfalls in seinem privaten Anwesen aufhalten würde. Ihre Freundinnen hatten sie davor gewarnt, einen Job bei einem fremden Mann anzunehmen, der so abgeschieden im Hinterland lebte. Doch sie hatte keine Wahl! Kat brauchte dringend eine neue Anstellung und bis jetzt war ihre Jobsuche in der Stadt ohne Erfolg geblieben.

Kat versuchte das immer stärker werdende, mulmige Gefühl zu unterdrücken, was ihr jedoch kaum gelang. Jetzt bereute sie es zutiefst, dass sie allein losgefahren war, ohne eine ihrer Freundinnen zu bitten, sie zu begleiten und im Wagen auf sie zu warten. Mittlerweile war sie schon seit einer Stunde unterwegs. Sie war nie zuvor in dieser unwegsamen Gegend gewesen, die gewundene Bergstraße und das fürchterliche Unwetter beunruhigten sie.

Kat hatte sich die Route zu Hause auf einer Straßenkarte angesehen und ihrer Einschätzung nach würde sie ihr Ziel in wenigen Minuten erreichen. Sie presste die Lippen fest zusammen. Ihre finanzielle Situation war so katastrophal, dass sie sich nicht einmal ein mobiles Navi für ihren kleinen grünen Seat leisten konnte.

Angestrengt blickte sie auf die schmale Straße vor sich. War sie bei der richtigen Kreuzung abgebogen? Sie sollte längst am Ziel sein, doch sie konnte weit und breit kein Haus entdecken. Nur Felsen, Bäume und die beängstigende Bergstraße.

Ihr Plan B war die Navigations-App auf ihrem Smartphone gewesen, aber der Empfang war seit geraumer Zeit so mies, dass sie aufgegeben hatte und stattdessen lieber ihren Akku schonte. Im Notfall musste sie ihren potenziellen Arbeitgeber anrufen und um Hilfe bitten können.

Der Sturm wurde heftiger und Regen peitschte gegen die Windschutzscheibe. Die Scheibenwischer konnten den unaufhörlichen Wasserstrom kaum bewältigen. Sie bog um eine scharfe Kurve und trat hart auf die Bremse, als ein dicker Baumstamm die Fahrbahn versperrte. Schlingernd verloren die Reifen auf dem nassen Asphalt den Halt und das

Auto geriet ins Rutschen. Panisch riss sie das Steuer herum und trat noch fester auf das Bremspedal, woraufhin sich der Seat um sich selbst drehte und mit einem Krachen in den Straßengraben nahe dem Abgrund schlitterte.

Geschockt saß Kat im Auto, das mit der Motorhaube voran im Graben steckte. Die Scheinwerfer spendeten nur wenig Licht und die Wischer erzeugten ein schauriges Geräusch. Mechanisch zog sie den Autoschlüssel aus der Zündung. Ihre Finger zitterten, als sie den Gurt löste. Kat lehnte sich zur Seite und griff nach dem Handy, das in der Mittelkonsole lag. Sie entsperrte das Display und betete um Empfang. Aber leider erschien kein einziger Balken. Verzagt steckte sie das Smartphone in die Außentasche ihres Rucksacks. Krampfhaft überlegte sie, wann sie die letzte Tankstelle oder ein anderes Gebäude gesehen hatte. Doch sie konnte sich nicht erinnern, was bedeutete, dass sie hier im Nirgendwo festsaß.

Resigniert ließ sie den Kopf auf das Lenkrad sinken und atmete mehrmals tief durch. Minuten später hatte sie sich gefasst. Wenn sie sich nicht verirrt hatte, dann befand sie sich in der Nähe ihres Arbeitgebers. Mit neuem Mut sah Kat sich suchend um. Langsam drehte sie den Kopf. Bäume so weit das Auge reichte. Unvermittelt hielt sie inne und kniff die Augenlider zusammen, als sie in der Ferne ein Licht erkannte. Sie entdeckte die Silhouette eines Gebäudes. Das musste ihr Ziel sein. Sie hatte es fast geschafft und beschloss, hinzulaufen.

Kat brauchte einige Versuche, bis sie die Autotür öffnen konnte. Kalter Wind und schwere Regentropfen schlugen ihr entgegen. Sie packte ihren Rucksack und sprintete los. Obwohl sie rannte, war sie binnen Sekunden völlig durchnässt. Es war stockdunkel. Sie stolperte den steinigen Weg entlang, bog auf einen schmalen Pfad ab und folgte dem fahlen Lichtschein.

Schwer atmend erreichte sie die Villa, die einsam und verlassen in der Wildnis lag. Hastig lief sie die Holztreppen der überdachten Veranda hinauf, bis sie direkt vor einer massiven Eingangstür stand. Zitternd strich sie sich die nassen Strähnen aus dem Gesicht und tastete angestrengt nach einer Klingel, doch ihre Suche blieb vergeblich. Ihre klammen Finger fanden einen Türklopfer aus Messing und sie schlug gegen das mächtige Portal.

Poch. Poch. Poch.

Es blieb still im Gebäude. Kat trat zum Rand der Veranda und hob den Blick. Licht strömte aus einem Fenster im ersten Stock. Jemand war im Haus. Ihr Arbeitgeber hatte sie extra herbestellt, er musste schon auf sie warten! Womöglich hörte er das Klopfen wegen des heftigen Sturms nicht? Sie lief abermals zum Eingang und wollte erneut an die Tür hämmern, als sie mit einem Ruck aufgerissen wurde.

Vor ihr stand ein hochgewachsener Mann, der sie mit grimmiger Miene anstarrte. Er trug verwaschene Jeans und ein graues Shirt. Sein Gesicht war halb im Schatten verborgen, trotzdem konnte sie ein markantes Kinn und scharf geschnittene Gesichtszüge erkennen. Seine schwarzen schulterlangen Haare und die dunklen Augen verliehen ihm ein verwegenes Aussehen. Zusätzlich umgab ihn eine Aura von Autorität und Männlichkeit, auf die ihr Körper augenblicklich reagierte.

Er presste verärgert die Lippen zusammen und runzelte die Stirn, als er sie von oben bis unten abschätzig musterte. Dann knurrte er gereizt: „Du bist zu spät!"

Ehe sie antworten konnte, packte er sie grob am Arm und zog sie mit sich ins Haus.

Kapitel 2

Mit einem Glas Wein in der Hand stand Cole am Fenster und betrachtete das Unwetter, das draußen tobte. Der Herbst zählte zu seinen liebsten Jahreszeiten. Er mochte es, wenn der Regen hart gegen die Scheiben prasselte, der Nebel die Landschaft verhüllte, die Tage kürzer und die Nächte länger wurden.

Heute vibrierte sein Körper vor Vorfreude. Allein der Gedanke an die junge Frau, die bald bei ihm eintreffen würde, ließ seinen Puls in die Höhe schnellen. Monatelang war er auf der Suche nach ihr gewesen. In seinem Kopf hatte er ein klares Bild vor Augen. Weiche dunkle Locken, die ihre Schultern umspielten, ein sanftes, unschuldiges Lächeln und eine zierliche Statur. Er hatte sie im Internet entdeckt und Informationen über sie gesammelt. Dann hatte er sie angeschrieben und zweimal mit ihr telefoniert. Sie war perfekt. Mit ihr würde er seine dunkelsten Fantasien wahr werden lassen. Er freute sich auf ihre erste Reaktion, wenn er ihr von seinen Plänen berichten würde.

Cole bremste sich. Er musste behutsam vorgehen, nicht zu offensiv sein und durfte sie nicht gleich mit allem konfrontieren. Ansonsten würde sie womöglich argwöhnisch werden und sein Angebot ablehnen. Es würde ihn unnötige Zeit kosten, eine andere Frau zu finden, die all seinen Vorstellungen entsprach.

Cole schätzte sein zurückgezogenes Leben und obwohl er größere Menschenansammlungen mied, war er eigens in die Stadt gefahren. Er hatte in unterschiedlichen Baumärkten eingekauft. Er verzog abschätzig die Lippen. Das Internet bot ein breites Sortiment, aber die Leute unterschätzten, dass jeder Einkauf nachvollziehbar war. Cole zog es vor, anonym zu bleiben und keine Spuren zu hinterlassen.

Die alte Turmuhr schlug acht Schläge, was ihm sagte, dass es zwanzig Uhr war. Er fragte sich zum wiederholten Mal, wo sie blieb. Wenn sie es sich anders überlegt hätte, wären alle Vorbereitungen umsonst gewesen.

Nein, sie würde kommen, denn sie hatte den Termin heute Morgen bestätigt.

Endlich erschallte ein lautes Klopfen und er schlenderte gemächlich zur Eingangstür. Sie war zu spät. Zur Strafe ließ Cole sie ein paar Minuten im Regen ausharren. Dann riss er schwungvoll die Tür auf und erstarrte, als er in eine faszinierende blaue Iris starrte.

Was zur Hölle ...?

Die Frau sollte dunkle Augen und braune Locken haben.

Stattdessen stand eine zierliche kleine Blondine zitternd vor Kälte auf seiner Schwelle.

Wütend presste er die Lippen zusammen. Er würde ihr die Haare färben müssen. Das verursachte zwar mehr Arbeit, aber er hatte zu lange auf diesen Moment gewartet. Die Augenfarbe war ein Problem, doch nichts, was man nicht mit farbigen Kontaktlinsen lösen könnte. Dennoch stellte es einen unnötigen Mehraufwand dar. Ungewollt ballte er die Hände zu Fäusten.

„Du bist zu spät", knurrte er gereizt.

Statt sich zu entschuldigen, starrte sie ihn wortlos mit unschuldigen blauen Augen an. Regentropfen flossen an ihren geröteten Wangen entlang, tropften auf ihre Kleidung und sein Blick wanderte ungewollt zu ihrer dünnen Jacke, die feucht an ihrem schmalen Körper klebte.

Er packte sie fest am Arm und zog sie ins warme Haus. Die flüchtige Berührung reichte aus und ein wohliger Schauer lief über seinen Rücken. Ihr blumiger Duft stieg in seine Nase und sein Atem beschleunigte sich.

Cole unterdrückte einen Fluch. Das durfte nicht wahr sein. Seit Jahren lebte er allein und zurückgezogen in seiner Villa. Keine Frau hatte es geschafft, sein Interesse zu erregen, sie alle ließen ihn kalt. Doch ausgerechnet heute weckte diese kleine Betrügerin längst verdrängte Gefühle in ihm.

Zu lange hatte er sich auf den heutigen Abend vorbereitet. Er würde sich nicht durch lustvolle Empfindungen ablenken lassen.

Ihre Körperhaltung drückte Unwohlsein, beinahe schon Angst aus. Cole sah in ihrem Blick, dass sie am liebsten fliehen würde. Er musste ihr ein Gefühl der Sicherheit vermitteln. Souverän setzte Cole ein strahlendes Lächeln auf, von dem er wusste, dass Frauen weiche Knie davon bekamen, und sagte mit sanfter Stimme: „So ein Unwetter! Darf ich dir einen Kaffee anbieten?"

Erwartungsvoll sah er sie an. Sie zögerte, dann öffnete sie ihre verführerischen Lippen.

Kapitel 3

Sein einladendes Lächeln war zum Niederknien.

Wie gebannt starrte sie den Mann an, der sie ohne zu fragen in das Haus gezogen hatte. Er war mindestens einen Meter neunzig groß, denn er überragte sie um mehrere Zentimeter. Der Fremde trug eine löchrige alte Jeans und weder Schuhe noch Socken. Ihr Blick blieb kurz an seinen nackten Füßen hängen, dann hob sie langsam den Kopf. Die Ärmel seines simplen grauen Shirts waren hochgeschoben und betonten seine gebräunte Haut und die unzähligen eindrucksvoll ineinander verschlungenen Tattoos auf seinen definierten Armen. Sein rabenschwarzes Haar reichte ihm bis kurz über die Schultern und war leicht durcheinander, als hätte er eben erst das Bett verlassen. Aber es waren seine Augen, die sie am meisten faszinierten. Ein Farbton wie geschmolzene Schokolade mit verführerischen Karamellstückchen.

Seine Frage holte sie in die Wirklichkeit zurück.

„Ja, bitte. Ich hätte gerne eine Tasse Kaffee", antwortete sie.

Der Hausherr nickte knapp und deutete auf die Garderobe zu ihrer linken. Kat schälte sich aus der nassen Jacke, die er entgegennahm und wortlos auf einen freien Haken hängte. Sie schlüpfte aus den verdreckten und völlig durchnässten Schuhen und zuckte zusammen, als ihre Füße den kühlen Steinboden berührten.

Zitternd vor Kälte stand sie in dem großen Vorraum. Sie sah sich unauffällig um. Die Möbel wirkten teuer und waren aus dunklem Holz, was den ganzen Raum düster und einschüchternd wirken ließ.

Scheinbar waren keine weiteren Bewerber gekommen oder warteten diese in einem separaten Zimmer? Vielleicht war sie die Letzte und er hatte die anderen wieder nach Hause geschickt? Angespannt kaute sie auf ihrer Unterlippe und straffte dann die Schultern. Sie wollte diese Arbeitsstelle und musste sich zusammenreißen.

Nach dem Vorstellungsgespräch würde sie den Pannendienst rufen. Aber zuerst freute sie sich auf ein warmes Getränk. Ihre Hände zitterten, als ihr langsam dämmerte, welches Glück sie gehabt hatte, dass nur ihr Wagen im Straßengraben gelandet und sie unverletzt geblieben war.

Der Mann bedeutete ihr mit einer Handbewegung, ihm zu folgen.

Auf wackeligen Knien betrat sie nach ihm einen angrenzenden Raum, der sich als einladende und überraschend modern eingerichtete Küche herausstellte. Doch anstatt sich auf die neue Umgebung zu konzentrieren, wanderte ihr Blick stets zu ihrem möglichen Arbeitgeber.

Kat betrachtete seinen breiten Oberkörper, die athletische Figur und die schmale Taille. Für den Bruchteil einer Sekunde stellte sie sich vor, wie sich seine Haut unter ihren Fingern anfühlen würde.

Sie zwang sich, tief durchzuatmen und sich zusammenzureißen. Es war eine Weile her, dass sie Sex mit einem Mann gehabt hatte, aber das war kein Grund, warum sie so heftig auf diesen Fremden reagierte.

Er lugte über seine Schulter und ertappte sie dabei, wie sie ihn anstarrte. Sein arrogantes Grinsen verriet ihr, dass er ahnte, in welche Richtung ihre Gedanken geschweift waren. Sein Blick traf den ihren und schnell wandte sich Kat ab.

„Was ist?", fragte er mit tiefer Stimme.

„Nichts. Ich ..." Kat zögerte.

„Du hast mich angestarrt", stellte er fest.

„Das war keine Absicht." Sie errötete peinlich berührt und räusperte sich. „Danke für das freundliche Angebot. Ein heißer Kaffee ist genau das Richtige."

Erneut schenkte er ihr ein faszinierendes Lächeln, das ihr unter die Haut ging. In seinen braunen Augen entdeckte sie ein Lodern, das Hitze durch ihren Körper jagte und Kat spürte, wie sich ihr Inneres zusammenzog.

Was hatte dieser Mann nur an sich, dass sie sich so von ihm angezogen fühlte? Sie musste sich vor ihm in Acht nehmen, er strahlte pure Gefahr aus.

Er deutete auf einen Barhocker neben der Anrichte. Ehe sie Platz nahm, wurde Kat ihre nasse Kleidung allzu deutlich bewusst. Die elegante schwarze Hose und die helle Bluse klebten feucht und kalt auf ihrer Haut.

„Darf ich bitte das Bad benutzen und mich frisch machen?", fragte sie zögernd.

Wieder wanderte sein intensiver Blick an ihrem Körper hinab und langsam nickte er. „Sicher. Das Badezimmer ist im ersten Stock.

Den Gang entlang und dann die zweite Tür rechts."

Sie floh regelrecht aus dem Zimmer und eilte die breite Marmortreppe hinauf. In der oberen Etage war es finster. Sie drückte auf den Lichtschalter und gedämpftes Licht erhellte den schmalen Gang, dessen Boden mit Holzdielen versehen war. Alle Türen waren geschlossen und es gab keine Fenster. Düstere nur in Schwarz und Weiß gehaltene Fotografien mit abschreckenden Darstellungen zierten die hell getünchten Wände. Bei jedem ihrer Schritte knarrten die in die Jahre gekommenen Holzbretter und verstärkten ihr mulmiges Gefühl.

Sie fand das Bad und betrat den weitläufigen Raum, in dem es sowohl eine gläserne Duschkabine, als auch eine große Badewanne mit glänzenden Armaturen gab. Sie trat zum Waschbecken und erschrak, als sie im Spiegel sah, dass ihr Augen-Make-up verschmiert war. Erleichterung durchflutete sie, denn das war die logische Erklärung, warum der Mann sie so seltsam gemustert hatte. Kat ließ den Rucksack zu Boden gleiten und suchte nach ihrem kleinen Beautycase, in dem sie die wichtigen Basics eingepackt hatte. Mit routinierten Handgriffen entfernte sie das fleckige Make-up und schminkte ihre Augen erneut.

Erleichtert klappte sie die Lidschattenbox zu und verstaute alles wieder in der Tasche.

Dann entdeckte sie auf dem Fensterbrett einen Korb mit kleinen Gästehandtüchern, schnappte sich eines und rieb sich mit dem flauschigen Handtuch ab. Zu ihrer Freude erspähte sie einen Föhn und versuchte, ihre feuchte Kleidung und Haare zu trocknen. Nachdem sie sich aufgewärmt hatte und einigermaßen trocken war, verließ sie das Badezimmer.

Anstatt sofort wieder nach unten zu gehen, wurde sie von einer unerklärlichen Neugier gepackt. Wie mochten die übrigen Räume in diesem eindrucksvollen Gebäude eingerichtet sein?

Leise schlich sie den Gang entlang und versuchte vorsichtig einen Fuß vor den anderen zu setzten, um sich nicht durch verräterische Geräusche zu verraten. Wahllos öffnete sie eine Tür auf der linken Seite.

Durch das Fenster fiel Mondlicht in den Raum. Es handelte sich eindeutig um ein Schlafzimmer mit einem breiten einladenden Bett, dass den Innenraum dominierte. Statt eines großen Kleiderschranks befand sich nur eine längliche Kommode an der Hinterwand.

Irritiert runzelte sie die Stirn, als sie einen dunklen Fleck am Boden entdeckte.

Vorsichtig trat sie weiter in das Zimmer hinein und näherte sich der Stelle. Kat hockte sich nieder und streckte ihre Finger aus, als unvermittelt die Deckenlampe anging und sie erschrocken aufsprang. Geblendet von dem hellen Licht drehte sie sich um und sah den fremden Mann, der bedrohlich vor ihr stand.

„Was hast du hier zu suchen?", wollte er aufgebracht wissen.

„Ich ... entschuldige ... ich ...", stammelte sie.

Im Augenwinkel sah sie etwas Dunkelrotes und drehte ihren Kopf. Ihr Magen verkrampfte sich, als sie erkannte, dass es sich bei dem unbekannten Fleck mitten im Raum um eine große Blutlache handelte. Ihr Blick wanderte zu dem Bett. Vor Schreck riss sie die Augen auf.

Auf der schwarzen Bettdecke lag ein blutiges Messer.

„Du hättest das Zimmer nicht ungefragt betreten sollen", sagte er gefährlich leise und trat näher an sie heran.

Kapitel 4

Cole brühte in der kleinen Mokkakanne frischen Kaffee auf und wartete auf seine Besucherin. Trotz der hochmodernen Küchenzeile hatte er sich geweigert, eine dieser verschwenderischen Kaffeemaschinen zu kaufen. Wozu auch? Er empfing nur selten Gäste und wenn, dann blieben sie nicht lange, dachte er hämisch.

Seine Gedanken reisten zu der hübschen jungen Frau. Er stellte sich vor, was er in den nächsten Stunden mit ihr anstellen würde. Seine Haut prickelte allein bei der Vorstellung daran. Wie würde es sich anfühlen, Hand an sie zu legen und alles perfekt zu arrangieren?

Die Minuten zogen endlos langsam an ihm vorbei und er strich sich übers Kinn. Wo steckte die junge Frau? Er sollte sie nach ihrem Namen fragen. Im Internet verwendeten User häufig Nicknamen. Außerdem wurde im Netz oft gelogen. Verärgert dachte er an die Fotos, die er von ihr gesehen hatte. Man könnte fast meinen, dass es sich hier um eine andere Person handele. Aber sein Haus lag abgelegen. Es wäre schon ein seltsamer Zufall gewesen, dass genau zum verabredeten Zeitpunkt ein anderes weibliches Wesen vor seiner Tür stand. Cole schüttelte den Kopf. Wahrscheinlicher war, dass sie ihn über ihr Aussehen belogen hatte, um mit ihm zusammenarbeiten zu können.

Er beschloss, lange genug gewartet zu haben. Mit raschen Schritten betrat er den ersten Stock. Ohne zu klopfen, öffnete Cole die Badezimmertür und fand den Raum leer vor.

Zischend sog er den Atem ein. War sie in aller Stille geflohen?

Ein leises Geräusch ließ Cole innehalten und führte ihn direkt in sein Schlafzimmer. Mit schnellen Schritten überquerte er den Flur und schob lautlos die angelehnte Tür auf.

Der Raum lag im Dunklen, doch das Mondlicht und die durch den Sturm gebogenen Bäume warfen düstere Schatten. Lautes Donnern grollte durch die alten Mauern und ein greller Blitz erhellte kurz das Zimmer. Der Augenblick reichte und er erfasste die Lage.

Ein unheilvolles Lächeln umspielte seine Lippen, als er sie auf dem Boden hocken sah.

So ein ungezogenes Mädchen.

Sie spionierte heimlich herum.

„Was hast du hier zu suchen?", raunte er mit tiefer Stimme.

Erschrocken sprang sie auf und sah ihn mit weit aufgerissen Augen an.

„Ich ... entschuldige ... ich ...", stammelte sie.

Mit zwei Schritten durchquerte er den privaten Raum. Cole baute sich vor ihr auf und stemmte die Hände in die Seiten.

„Du hättest das Zimmer nicht ungefragt betreten sollen", sagte er gefährlich leise und trat näher an sie heran.

Erschrocken riss sie die Augen auf und er sah panische Angst darin aufblitzen. Flüchtig überlegte er, ihr mehr Furcht einzujagen, aber das würde sie nur in die Flucht schlagen. Er stand kurz vor der Erfüllung seiner Träume und würde sie um keinen Preis gehen lassen.

Cole legte die Hände auf ihre Schultern und beugte sich vor.

„Es ist unhöflich und ungezogen, heimlich fremde Schlafzimmer zu betreten", sagte er leise und streifte dabei fast ihre Wange. Er spürte, wie ein Schauer ihren schlanken Körper erzittern ließ. Seine Lenden reagierten unmittelbar auf ihre Nähe und das Blut rauschte in seinen Ohren. Er atmete ihren dezenten Duft nach Jasmin ein, der nichts Aufdringliches an sich hatte, aber wie ein Aphrodisiakum auf ihn wirkte. Heiße Begierde erwachte in ihm und seine Erektion drückte schmerzhaft gegen den rauen Jeansstoff. Cole war ein Mann und hatte Bedürfnisse. Doch er war es gewohnt, diese unter Kontrolle zu haben. Aber heute war alles anders und er hatte keine Ahnung, was mit ihm los war.

Mit schreckgeweiteten Augen starrte sie ihn an. Um sie zu beruhigen, strich er sachte über ihre Arme. Sie legte den Kopf in den Nacken und ihre Blicke trafen sich. Er hatte das Gefühl, in ihrer azurblauen Iris zu versinken.

„Bitte ...", flehte sie.

Wollte sie, dass er sie losließ?

Plante sie, das Haus panisch zu verlassen?

Oder spürte sie ebenfalls dieses prickelnde Gefühl, das durch seine Adern rauschte?

Entgegen jeder Vernunft wanderten seine Hände wieder nach oben zu ihren Schultern, wo sie kurz verharrten. Dann zog er sie gefährlich langsam so nahe heran, dass kaum ein Blatt Papier zwischen sie passte.

Cole wartete gespannt auf ihre Reaktion. Ihre Brust hob und senkte sich hektisch.

Anstatt zu fliehen, stand sie wie erstarrt da und rührte sich nicht.

Unvermittelt öffnete sie die Lippen und strich mit der Zunge darüber.

Wie hypnotisiert haftete sein Blick auf ihrem verführerischen Mund.

In dem Moment verlor er die Beherrschung und tat etwas, das er sonst nie in dieser Situation täte.

Cole beugte sich vor und küsste sie.

Kapitel 5

Kats Herz klopfte wie verrückt, als sich der Fremde vorbeugte und seine Lippen auf ihre presste. Völlig überrascht von dem Kuss öffnete sie den Mund und seine Zunge entzündete ein gefährliches Feuer. Er schlang besitzergreifend einen Arm um ihre Taille und mit seiner rechten Hand strich er zärtlich über ihre Wange. Kat erschauerte. Hitze breitete sich in ihrem Körper aus und sie spürte, wie sie in seiner Umarmung dahinschmolz. Langsam wanderte seine Zunge an ihren Zähnen entlang und lud sie zu einem ekstatischen Spiel ein. Die Intimität des Kusses ermutigte sie und Kat erwiderte seine leidenschaftliche Liebkosung. Sie vergrub ihre Finger in seinen langen Haaren, während sie ihren Körper an seine harte Brust drückte.

Nie hatte sie ein derartiges Gefühlschaos erlebt. Der Kuss fühlte sich wie pure Magie an. Wie ein Traum. Genussvoll schloss sie einen Moment die Augen, nur um sie dann angsterfüllt wieder aufzureißen.

Was tat sie hier? Sie kannte ihn nicht. Er war ein fremder Mann. Sie standen in seinem Schlafzimmer neben einem offenbar als Mordwaffe benutzten Messer und einer Blutlache. Allein in einem abgelegenen Haus.

Panisch riss sie sich von ihm los.

Seine Gesichtszüge wirkten weicher und sein Blick ruhte sanft auf ihr, aber sie traute ihm nicht. Mit der Hand bedeckte sie ihre bebenden Lippen und wirbelte herum. Ihren Rucksack ließ sie achtlos im Schlafzimmer liegen. So schnell sie ihre Beine trugen, lief sie aus dem Zimmer und die Treppe hinunter. Sie nahm sich nicht die Zeit, ihre nasse Jacke anzuziehen, sondern schlüpfte nur in die feuchten Schuhe und durchquerte das Foyer.

„Warte! Lass es mich erklären ...", hallte seine raue Stimme hinter ihr nach.

Sie ignorierte seine Rufe und rannte weiter.

Nur ein Gedanke jagte durch ihren Kopf: „Ich muss fliehen."

Sie stolperte zur Haustür und riss sie auf. Ein eiskalter Windstoß blies ihr entgegen und der Regen prasselte gegen die alte

Hausfassade. Der Sturm hatte sich nicht gelegt. Im Gegenteil, die Bäume bogen sich und ein Blitz erhellte die Dunkelheit. Der Donner ließ die Erde erzittern und hilflos sah sich Kat auf der breiten überdachten Veranda um.

Was sollte sie tun?

Wo konnte sie sich verstecken?

Sie hörte seine Stimme und lugte über die Schulter. Mit weit aufgerissenen Augen erkannte sie, dass er aus dem Haus stürmte und direkt auf sie zukam. Sie sprang die Stufen hinab und rannte los. Blindlings lief sie in Richtung des Waldes. Der Boden war vom Regen aufgeweicht und sie versank im Morast.

„Bleib stehen!", brüllte er ihr über den Sturm hinweg zu.

Sie missachtete seine Aufforderung und rannte weiter. Kat befand sich knapp vor den hohen Tannenbäumen, als es erneut blitzte. Dicht gefolgt von einem gewaltigen Donnergrollen, das sie erschrocken zusammenfahren ließ. Der grelle Blitz traf einen Baum, der Stamm neigte sich ächzend im Wind und krachend fiel die Tanne um.

Kräftige Hände packten sie um ihre Taille. Kat schlug um sich und versuchte, sich loszureißen. Aber es war aussichtslos.

„Lass mich los, du Monster!", schrie sie verzweifelt. Doch der Sturm übertönte ihre Worte.

Der Fremde sah zum Fürchten aus. Die dunklen Haare flogen im Wind, das Gesicht war erbost verzogen und seine ganze Haltung drückte Gefahr aus. Unerbittlich packte er ihre Handgelenke und zerrte sie zurück zum Haus. Sie stemmte ihre Schuhe in den Boden und versuchte, sich aus seinem festen Griff zu lösen.

Mit einem derben Fluch ließ er sie los. Ehe sie flüchten konnte, hob er sie hoch und warf sie über seine Schulter.

„Bedaure, aber du kommst mit mir!", grollte er unwirsch.

„Nein!", schrie sie so laut sie konnte und trommelte mit den Fäusten auf seinen breiten Rücken.

Doch es war zwecklos.

Ihre verzweifelten Rufe gingen in dem tosenden Unwetter unter.

Kapitel 6

Cole hatte nicht vorgehabt, sie zu küssen. Normalerweise neigte er nicht dazu, seinem Verlangen blind zu folgen, sondern dachte vorher gründlich nach. Aber bei ihr war alles anders als sonst. Seit er sie völlig durchnässt vor seiner Tür entdeckt hatte, hatte sie die unterschiedlichsten Gefühle in ihm geweckt. Die anfängliche Wut über ihre falschen Angaben, die sie im Internet gemacht hatte, war verraucht. Jetzt wollte er sie in seinen Armen halten und jeden Zentimeter ihrer zarten Haut erkunden. Wie war es möglich, dass sein Körper derart auf diese Frau reagierte und verrücktspielte?

Er lehnte sich an die Kommode und strich sich mit der Hand über den Mund. Verdammt, die ganze Situation entglitt ihm. Cole massierte seinen Nasenrücken und gebot sich, gemächlich durchzuatmen. Er benahm sich wie ein Teenager, der zum ersten Mal ein attraktives weibliches Wesen sah.

Als er die Haustür ins Schloss fallen hörte, fluchte er. War sie wahnsinnig geworden? Sie konnte unmöglich bei diesem Wetter allein herumirren. Die Villa lag umgeben von unwegsamem Gelände, einem dichten Wald, teils felsigem Untergrund und steilen Abhängen. Ein falscher Schritt und die Frau bräche sich den Hals. Andererseits würde ihm das einiges an Arbeit ersparen, dachte er hämisch. Doch sie zerstörte mit ihrem Eigensinn all seine gut durchdachten Pläne.

Ungehalten rannte er aus dem Schlafzimmer und eilte die Treppe hinunter. Cole schlüpfte in seine Stiefel, riss die Tür auf und jagte ihr nach.

„Bleib stehen!", brüllte er ihr über den Sturm hinweg zu.

Sie ignorierte seine Rufe. Ohne auf seinen Befehl zu reagieren, rannte sie unbeirrt direkt auf den Wald zu.

Er sprintete hinterher und hätte sie fast erreicht, als ein Blitz die Nacht erhellte und krachend in einem Baum unmittelbar in ihrer Nähe einschlug. Ohne zu zögern, packte er sie und zog sie vom Wald weg.

Ihre Haltung drückte Abwehr und Panik aus. Sie brüllte ihm etwas zu, das sich wie „Monster" anhörte. Aber er ignorierte ihre Proteste und hielt sie eisern fest. Die kleine Wildkatze wehrte sich erstaunlich heftig und machte es ihm nicht leicht, sie zum Anwesen zu ziehen.

Verdammt, wegen des Tosens des Sturms war es unmöglich, längere Erklärungen abzugeben. Das musste warten, bis sie im Gebäude waren. In Ermangelung einer besseren Idee und weil Cole schnell ins warme Haus zurückkehren wollte, warf er sie über seine Schulter.

„Bedaure, aber du kommst mit mir!", rief er ihr zu.

„Nein!", brüllte sie und wehrte sich heftig. „Fass mich nicht an!"

Wie eine Furie riss sie an seinem Shirt und trommelte mit den Fäusten auf seinem Rücken herum. Sie wand sich in dem festen Griff und er beschleunigte seine Schritte.

Ein stechender Schmerz ließ ihn unvermittelt taumeln, als sie ihn grob an den Haaren riss. Cole verlor auf dem rutschigen Untergrund den Halt. Instinktiv löste er seine Hand von ihrem Körper, um sich aufzufangen. Dennoch schlugen sie hart auf dem aufgeweichten, schlammigen Boden auf.

Seine Besucherin landete auf dem Rücken und er fiel auf sie. Kurz blieb ihm die Luft weg. Obwohl er auf ihr gelandet war und ihr der Sturz mehr Schmerzen bereitet haben musste, fing sie sich überraschend schnell und schlug nach ihm. Nur seiner raschen Reaktion war es zu verdanken, dass er ihre Hand in der Luft abfing und über ihrem Kopf gefangen hielt.

„Hör auf! Ich schwöre, dass dir nichts passieren wird", versuchte er sie zu besänftigen.

Ungläubig starrte sie ihn mit wütend funkelnden Augen an. „Das glaubst du doch selbst nicht! Für wie dumm hältst du mich?"

Sie reckte das Kinn und er bewunderte ihren Kampfgeist.

Sie riss an seinen Händen und der Gedanke an Seile und Handschellen kam ihm in den Sinn. Zum Glück hatte er beim Einkauf an alles gedacht. So ungestüm, wie sie sich aufführte, würde er seine Besorgungen früher als geplant brauchen.

Kalter Regen prasselte unaufhörlich auf seinen Rücken und er rappelte sich mit einer Hand hoch. Mit der anderen hielt er weiterhin ihre schmalen Handgelenke fest. Aufgebracht funkelte sie ihn an und strampelte mit ihren Füßen. Ein weiterer Blitz gefolgt von dröhnendem Donner trieben ihn zur Eile an. Mit einem Ruck zog er sie ebenfalls auf die Beine und marschierte trotz ihrer Proteste los. Die junge Frau im Schlepptau hastete er zur Villa und erreichte die Holztreppen.

Da er befürchtete, dass sie sich wehren würde und er beim Versuch, sie die Treppe hinaufzuzerren, in den Tod stürzen könnte, warf er sie erneut über die Schulter.

Cole hastete die Stufen empor, öffnete mit einer Hand die schwere Eichentür und schob sie mit dem Oberkörper so weit auf, dass er mit seiner widerwilligen Besucherin hindurchschlüpfen konnte.

„Nein, ich will nicht. Lass mich los!", brüllte die Frau aufgebracht.

„Wir reden im Haus weiter", brummte Cole und fühlte sich, als wäre er stundenlang dem kalten Sturm ausgesetzt gewesen.

Sachte ließ er sie zu Boden gleiten und umfasste blitzschnell ihre Handgelenke, als sie erneut nach ihm schlagen wollte.

„Hör auf. Sonst wirst du es bereuen", drohte er. Cole sah sie streng an. Er löste den Griff von ihren Händen, trat einen Schritt zur Seite, schloss die Tür mit einem Fußtritt und verriegelte sie.

Dann drehte er sich langsam um.

Kapitel 7

Sie war in den Fängen eines psychotischen Kidnappers und Mörders gelandet! Womöglich handelte es sich bei dem Mann um einen gesuchten Serienkiller.

Völlig durchnässt und mit Schlamm verschmiert stand Kat zitternd in der Diele. Sie versuchte, einen klaren Kopf zu bekommen. Sie durfte sich nicht von seinem attraktiven Äußerem blenden lassen. Waren nicht in den Filmen und Büchern die Bösewichter oft gut aussehend und verfügten über eine faszinierende Ausstrahlung?

Endlich lockerte er den Griff und ließ ihre Hände los, trat zur Seite, verriegelte die Tür und drehte sich wieder zu ihr um.

Entgegen jeder Vernunft und trotz der brenzligen Situation stahl sich ein Lächeln auf ihre Lippen, als sie sein verdrecktes Gesicht und die triefend nassen Haare betrachtete. Er sah so abgekämpft aus, wie sie sich fühlte. Kat sollte weglaufen und nicht wie erstarrt im großen Eingangsbereich stehen. Dennoch rührte sie sich nicht. Wie gebannt starrte sie auf seine durchtrainierten Oberarme mit der dunklen mystisch wirkenden Körperbemalung. Dann wanderte ihr Blick nach oben und erst jetzt bemerkte sie, dass nicht nur seine Arme tätowiert waren, denn kleine Ausläufer der Kunstwerke rankten sich aus dem V-Ausschnitt seines Shirts.

Der Fremde senkte den Kopf und ihre Blicke trafen sich. Seine Iris war eine Nuance dunkler als vorhin und die goldenen Sprenkel funkelten geheimnisumwoben. Die Zeit schien stillzustehen. Sie hörte weder das stürmische Unwetter noch nahm sie ihre Umgebung wahr. All ihre Sinne waren auf den Hausherrn vor ihr fokussiert. Nie hatte sie einen Mann getroffen, der sie mehr angezogen und gleichzeitig verängstigt hatte.

Das Knistern der Flammen im einladend warmen Kamin neben ihnen riss sie beide aus der Erstarrung. Er hob die Hände und wischte sich den Dreck aus dem Gesicht. Dann verzog er die Lippen.

Sie trat einen Schritt zurück und schuf mehr Distanz zwischen ihren Körpern.

„Hast du Hunger?", fragte er unvermittelt.

Mit der Frage brachte er Kat aus dem Konzept.

Ehe sie antworten konnte, ergänzte er: „Wir sollten vorher duschen und uns trockene Kleidung anziehen. Dann können wir gemeinsam speisen. Ich habe eine Lasagne vorbereitet."

Er schlüpfte aus den durchnässten Schuhen und stellte sie achtlos neben die Tür. Dann bedeutete er Kat, ihm in den ersten Stock zu folgen, und er schlenderte zur Treppe.

„Lasagne?", fragte sie verwirrt. Kat stand ratlos in der weitläufigen Diele. Das Wasser tropfte aus ihren langen verdreckten Haaren und bildete kleine Pfützen.

Der Fremde drehte sich um und musterte sie.

„Ja, ich dachte, damit kann man nur wenig falsch machen", erklärte er schulterzuckend und wandte sich wieder dem Treppenaufgang zu.

Langsam legte sich die lähmende Panik und ihre Gedanken jagten durch ihren Kopf. Hätte er sie töten wollen, dann hätte er dies tun können, ohne ihr vorher ein Abendessen anzubieten. Doch wer wusste schon, was dieser

Verrückte vorhatte? Womöglich war das Essen vergiftet oder mit K.-o.-Tropfen versehen. Sie wollte es nicht herausfinden und musste das Haus schnellstens wieder verlassen.

„Nein! Ich werde mich nicht waschen, geschweige denn mit dir zu Abend essen. Ich werde verschwinden", protestierte sie. Hielt er sie für blöd? Nach der wilden Verfolgungsjagd wollte sie nur noch nach Hause. Keine vernünftige Person würde danach seelenruhig zu Abend speisen.

Ruckartig drehte er sich um. „O nein! Nicht nur, dass du dein Aussehen verändert hast, du bist zu spät gekommen und hast mir bis jetzt nur Ärger eingebracht. Du bleibst hier und wir ziehen das Ganze durch!", knurrte er und verschränkte mürrisch die Arme vor der breiten Brust.

„Vergiss es! Wenn du die Tür nicht freiwillig aufschließt, werde ich notfalls ein Fenster einschlagen", drohte sie.

Er hob eine Braue. Ein strenger Ausdruck lag in seinem Gesicht.

„Du wirst auf nichts einschlagen, weder auf mich noch auf meine Fenster." Er verlagerte das Gewicht auf den anderen Fuß. „Hast du überhaupt schon mal eine Scheibe eingeschlagen? Du könntest dir die Mühe sparen und es öffnen und hinausklettern", fügte er sarkastisch hinzu.

Kat kniff die Augen zusammen. „Fein! Dann werde ich dieses Irrenhaus durch ein Fenster verlassen", verkündete sie und unterdrückte ein Zittern. Die nasse, kalte Kleidung klebte unangenehm auf ihrer Haut. Zielstrebig marschierte sie zu dem großen Panoramafenster, das sich neben der Haustür befand.

„Gut. Ein zweites Mal werde ich dir nicht nachlaufen, um dich zu retten", antwortete er mit barschem Tonfall.

Wütend fuhr sie herum. War der Mann von Sinnen?

„Mich retten? Sag mal, spinnst du!? Du hast mich ins Haus geschleppt und willst mich umbringen", schrie sie ihn an und ballte die Hände zu Fäusten.

Mit ein paar langen Schritten stand er wieder dicht vor ihr.

„Du kleine Wildkatze, nachdem du deine scharfen Krallen ausgefahren hast, verdienst du eine Strafe. Ich hätte da so einige Ideen, aber Mord steht nicht auf meinem Plan." Mit zusammengekniffenen Augen blickte er düster auf sie herab.

Ihre Brust hob und senkte sich hektisch und ihre Finger zitterten, als er sie mit seinen dunklen Augen anstarrte. Ihr Mund wurde trocken und sie schluckte. Ihr Verstand riet ihr dazu, endlich das Haus zu verlassen, aber wo sollte sie in diesem Unwetter hinlaufen? Ihr Wagen lag im Graben und es war zu gefährlich, die Nacht im Auto zu verbringen, denn das Fahrzeug könnte weiter abrutschen. Ihr Handy befand sich in ihrem Rucksack im oberen Stock. Sie müsste erst an ihm vorbeikommen und es sich holen. Selbst wenn es ihr gelänge, die erste Etage zu erreichen, musste sie sich erneut aus seinen Fängen befreien und wieder schutzlos ins Unwetter hinaus. Der Handyempfang war schon auf der Hinfahrt miserabel gewesen, ob sie es überhaupt schaffte, die Nummer eines Pannendiensts zu googeln und einen Anruf zu tätigen? Sollte ihr das alles gelingen, würde es trotzdem dauern, bis jemand vom Pannenservice hierherkäme. Die Villa lag abgelegen, sie hatte keine anderen Häuser entdeckt und bei einem Unwetter sollte man sich nicht im Wald verstecken.

Dennoch sollte sie etwas tun, aber ihre Beine gehorchten ihr nicht. Wie gebannt starrte sie ihn an. Ihr Blick glitt über seinen athletischen Körperbau. Körperlich war er ihr bei Weitem überlegen. Wenn er sie nicht gehen lassen wollte, hätte er unzählige Möglichkeiten, um sie an einer Flucht zu hindern. Doch sie war alles andere als schwach und hilflos.

Das würde er in Kürze am eigenen Leib erfahren. Kat legte den Kopf schief und dann traf sie eine Entscheidung.

Kapitel 8

Cole hielt den Atem an. Wie würde sie auf seine Aussage reagieren? Normalerweise lebte er zurückgezogen und ließ sich nicht leicht provozieren. Aber diese Frau reizte ihn bis aufs Blut. Die Worte hatten ohne Nachdenken seine Lippen verlassen. Sein Körper war angespannt. Er rechnete damit, dass sie ihn erneut angreifen und schlagen würde. Doch nichts dergleichen geschah. Sie legte den Kopf schief und betrachtete ihn argwöhnisch.

Ihre nasse Kleidung klebte wie eine zweite Haut an ihrem Körper und offenbarte betörende Rundungen. Sie stand dicht bei ihm, sodass ihr verführerischer Duft in seine Nase stieg. Cole lief förmlich das Wasser im Mund zusammen.

Unvermittelt hob sie die Hand und strich mit dem Daumen über seine Wange. Die harmlose Berührung entzündete erneut das heiße Feuer zwischen ihnen. Cole konnte sich nicht mehr beherrschen und er umfasste ihr Gesicht. Ungestüm und voll wilder Leidenschaft küsste er sie. Sie erwiderte seine Annäherung, schmiegte sich wie ein Kätzchen an ihn und biss ihn heftig in die Zunge. Mit einem Keuchen ließ er sie los. Die kleine Wildkatze war bissig. Er musste auf der Hut sein, sie spielte ein gefährliches Spiel mit ihm.

Sie verschränkte die Arme vor der Brust und funkelte ihn herausfordernd an. „Wenn dir so viel an deinem alten Kasten liegt, dann schließ die Tür auf und lass mich gehen."

Unvermittelt lachte Cole auf. Die gesamte Situation war verrückt. Er stand mitten im Vorraum mit einer Frau, die er nur flüchtig durch ein paar Mails kannte. Sie waren nass, dreckig und ihm war kalt. Anstatt sich aufzuwärmen, zu duschen und zu essen, küssten sie sich, dann biss sie ihn und im nächsten Moment sprachen sie über verschlossene Türen.

Er griff mit seiner rechten Hand in seine Hosentasche und fischte den Haustürschlüssel heraus. „Hier!"

Cole drehte sich ohne ein weiteres Wort um und stapfte nach oben. Seinen Plan konnte er abschreiben. All die Vorbereitungen waren umsonst gewesen. Er schüttelte leise fluchend den Kopf. Er würde sich eine andere Frau suchen. Um ehrlich zu sein, dieses weibliche Exemplar ging ihm ohnehin viel zu sehr unter die Haut.

Grimmig stieß er die Badezimmertür auf, zog sich im Gehen aus und ließ seine nasse, schmutzige Kleidung achtlos auf dem Boden liegen. Er betrat die Duschkabine in der Ecke und drehte das Wasser auf. Einige Minuten stand er unter dem heißen Wasserstrahl. Dann schlug er verärgert mit den Handflächen gegen die feuchten Fliesen. So einen verrückten Abend hatte er noch nie erlebt. Was war nur in ihn gefahren?

Er presste seine erhitzte Stirn an die kühle Wand.

Sicher war sie längst über alle Berge. Ein zweites Mal würde er ihr nicht nachlaufen, ab jetzt war sie auf sich allein gestellt. Cole zuckte mit den Achseln. Er würde das Essen aufwärmen und sich einen Whisky gönnen. In Gedanken versunken stellte er das Wasser ab und verließ die Nasszelle. Er wollte sich ein Handtuch holen, als es in seinem Nacken merklich prickelte. Cole erstarrte mitten in der Bewegung und drehte sich um.

Vor ihm stand seine Besucherin. Sie war nach wie vor nass und völlig verdreckt. Doch das war es nicht, was ihn nach Luft schnappen ließ.

Mit blitzenden Augen fokussierte sie ihn, in der Faust ein großes Küchenmesser, das sie drohend in die Höhe gehoben hatte.

Ergeben hob er seine Hände und deutete mit dem Kopf nach links. „Reich mir bitte das Handtuch!"

Sie lachte trocken auf. „Vergiss es!"

Kapitel 9

Verdattert betrachtete sie den Schlüssel in ihrer Hand. Der Fremde war in der oberen Etage verschwunden und sie sprintete zur Eingangstür. Vorsichtig öffnete sie diese und schloss erleichtert die Augen, da sie nicht länger eingesperrt war und jederzeit dieses Irrenhaus verlassen konnte. Draußen heulte der Wind. Ein Blick auf ihre Armbanduhr bestätigte ihr, dass es bald Mitternacht sein würde. Ihr graute davor, schutzlos in der Kälte auf den Pannendienst zu warten. Kat runzelte die Stirn. Boten die Firmen überhaupt einen Vierundzwanzig-Stunden-Rundum-Service an? Oder würde erst morgen ein Mitarbeiter kommen?

Da sie die Nacht nicht unter freiem Himmel verbringen wollte, blieb ihr keine andere Wahl, als hierzubleiben und zu beten, dass sie die nächsten Stunden wohlbehalten überstehen würde.

Fieberhaft überlegte Kat, was sie tun sollte. Zuerst schlüpfte sie aus den durchnässten Schuhen und eilte dann in die Küche. Sie öffnete wahllos Schubladen und Schränke. Kurz sah sie in den Kühlschrank und fand die Lasagne. Er hatte in dieser Hinsicht nicht gelogen.

Als sie die Küchenmesser entdeckte, nahm sie das größte heraus und schlich leise nach oben.

Kat hörte die Dusche rauschen und schob lautlos die Badezimmertür auf. Das Geräusch verstummte und der Mann trat aus der Kabine. Wasser perlte von seinem straffen Körper ab und sie zwang sich, nicht auf seinen knackigen Hintern zu starren. Schwungvoll drehte er sich um.

Genugtuung überkam sie, als sie in sein erschrockenes Gesicht blickte. Jetzt würde er eine Vorstellung davon bekommen, was es hieß, Angst zu haben. Fest umklammerte sie die Waffe.

Ergeben hob er seine Hände und deutete mit dem Kopf nach links. „Reich mir bitte das Handtuch!"

Sie folgte seiner Geste und lachte trocken auf. „Vergiss es! Hol es dir selbst."

Er musterte sie mit seinen dunklen Augen und ein Schmunzeln umspielte seine Lippen. Kat umklammerte den Griff des Messers und schwor sich, es wenn nötig einzusetzen. Langsam hob er eine Braue.

„Gefällt dir, was du siehst?", wollte er mit herausfordernder Stimme wissen.

Ruckartig hob sie den Kopf, um ihm direkt in die Augen zu sehen.

„Ich habe schon attraktivere Männer gesehen", log sie schamlos.

„Und dennoch bist du heute hier bei mir ..." Geschmeidig wie ein Panther drehte er sich um, schlenderte zum Sideboard und griff nach dem Handtuch. Anstatt sich zu bedecken, rubbelte er sich seelenruhig die langen schwarzen Haare trocken. Seine Mähne fiel in weichen Locken über seine Schultern. Wie hypnotisiert starrte sie auf die mit Ornamenten überzogene Rückseite des Mannes. Fasziniert betrachtete sie das Spiel seiner kräftigen Armmuskeln. Sein knackiger Hintern sah zum Anbeißen aus und Hitze stieg in ihr auf.

Obwohl sie wusste, dass es ein großer Fehler war, konnte sie den Blick nicht abwenden.

Gemächlich band er sich das Tuch um die schmale Hüfte, verschränkte die Arme vor der breiten Brust und deutete auf das Messer. „Was hast du damit vor?"

„Was glaubst du?", konterte sie angriffslustig.

Sie ließ ihn nicht aus den Augen und er schlenderte seelenruhig an ihr vorbei.

„Da du hier bist, nehme ich an, dass du ebenfalls duschen möchtest. Ich habe viel warmes Wasser verbraucht. Hoffentlich wird dir nicht kalt." Er zwinkerte ihr zu und ergänzte: „Ich werde das Essen wärmen und erwarte dich in Kürze im Speisesaal."

So ein aufgeblasener Kerl! Wenn er dachte, dass sie das Messer im Notfall nicht einsetzen würde, dann täuschte er sich.

Als er den Raum verließ, rannte sie zur Tür und schloss ab, schlüpfte aus der nassen Kleidung und trat unter die Dusche. Rasch wusch sie sich mit dem lauwarmen Wasser und schnappte sich sein Shampoo, um eilig ihre Haare einzuseifen. Sie spülte den Schaum ab und drehte geschwind den Hahn ab, als es merklich kälter wurde. So ein Arsch!

Tropfend tapste sie zum Regal und nahm sich ein Handtuch. Siedend heiß fiel ihr ein, dass ihr Rucksack im Schlafzimmer lag. Bei dem großen Blutfleck und der Mordwaffe. Wobei, wie verrückt war der Kerl, dass er jemanden umbrachte und sowohl das blutige

Messer als auch die Blutlache in seinem Schlafraum nicht verschwinden ließ? Er hatte wohl nie CSI oder eine andere Crimesendung gesehen. Selbst sie wusste, dass es unklug war, Spuren zu hinterlassen.

Kat schüttelte sich und rieb sich trocken. Womöglich handelte es sich bei dem Raum um ein Gästezimmer und er hatte einen Besucher auf heimtückische Art umgebracht?

Sie griff nach dem Föhn und trocknete ihre Haare. Währenddessen drehten sich ihre Gedanken immer wieder um diesen verrückten Abend. Nur noch ein paar Stunden redete sie sich selbst Mut zu. Sie kämmte ihre Mähne und atmete tief durch.

Ein letztes Mal musste sie diesen schaurigen Tatort betreten und rasch ihre Tasche holen. Kat wickelte sich in das weiche Tuch, schnappte sich erneut ihre Waffe und trat auf den Gang. Kats Herz klopfte aufgeregt in ihrer Brust. Vorsichtig sah sie nach links und rechts. Da die Luft rein war, atmete sie erleichtert auf. Sie hatte schon damit gerechnet, dass er schreiend hervorsprang.

Eilig lief sie in den Schlafraum und zuckte zusammen, als die Holzdielen laut knarrten. Hoffentlich hörte er sie nicht, flehte sie im Stillen.

Behutsam öffnete sie die Tür und schob sie langsam auf. Dieses Mal drehte sie das Deckenlicht an. Rasch schnappte sie den Rucksack, der achtlos neben der Kommode lehnte und sah sich kurz um. Auf dem Bett lag das blutige Messer und sie näherte sich vorsichtig. Sie legte das Küchenbeil und die Tasche am Boden ab und umwickelte ihre Hand mit einem Zipfel des Handtuchs, denn sie wollte keine Fingerabdrücke hinterlassen, und beugte sich vor. Als sie die Tatwaffe anhob, runzelte sie irritiert die Stirn. Sie berührte die Klinge, dann ließ sie die Waffe entgeistert fallen.

Kat trat einen Schritt zurück, drehte sich um und lief zur Mitte des Raums. Sie beugte sich über den Blutfleck und schrie auf.

Kapitel 10

Cole zog sich ein frisches T-Shirt und Jeans an, ehe er in die Küche schlenderte und die Lasagne erwärmte. Er strich sich die feuchten Haare aus dem Gesicht, als ihn ein Schrei zusammenfahren ließ.

Was war jetzt schon wieder passiert?

Hatte sie sich selbst mit dem Messer verletzt?

Das würde ihr recht geschehen, dachte er grimmig.

Hastig schaltete er den Backofen ab, verließ die Küche und hetzte die Treppe nach oben. Er verdrehte die Augen, als ein Lichtschein aus der offenen Schlafzimmertür auf den Gang fiel.

Warum schlich sich diese freche Wildkatze immer wieder in diesen Raum?

In Cole stiegen ernsthafte Zweifel hoch. Er hätte sie nicht im Internet aufgabeln sollen. Wer weiß, womöglich war sie ein verrückter, männermordender Vamp?

Leise fluchend marschierte er den Gang entlang und betrat sein Schlafzimmer.

Ein kehliges Lachen verließ seine Lippen, als er sie am Boden fand. Nur mit einem Handtuch bekleidet beugte sie sich über den Blutfleck und roch nicht nur daran, sondern berührte mit den Fingern die rötliche Masse. Wie gebannt verfolgte er jede ihrer Bewegungen und verschluckte fast seine Zunge, als sie ihre Fingerspitzen erst kritisch betrachtete und dann ableckte.

Ihr Kopf fuhr herum, sie sprang auf und funkelte ihn aufgebracht an. „Das ist kein echtes Blut", beschwerte sie sich.

Er hob eine Braue. „Wäre dir Tierblut lieber?"

„Nein! Ich verstehe nicht, warum du einen falschen Blutfleck im Schlafzimmer hast."

„Und ich fasse es nicht, dass ich dich zum zweiten Mal an einem Abend dabei erwische, dass du heimlich in meinem Schlafgemach herumschnüffelst", entgegnete er und vergrub seine Hände in den Hosentaschen.

Ihre Wangen röteten sich und verlegen senkte sie den Kopf. „Normalerweise mache ich so etwas nicht. Aber ich habe den Rucksack liegen gelassen und wollte ihn holen."

Sie drehte sich um und zeigte auf das Messer, das er am Bett platziert hatte.

„Das ist eine Attrappe." Sie sagte die Worte so vorwurfsvoll, dass Cole erneut auflachte. Sie griff nach dem Theatermesser, spielte mit der falschen Klinge herum, dann warf sie es ihm kopfschüttelnd zu.

Cole fing es geschickt auf und steckte es in die Gesäßtasche.

„Aber das Küchenmesser, das du aus meiner Küche gestohlen hast, ist echt", konterte er und deutete mit dem Kopf auf das Küchenwerkzeug, das achtlos am Boden lag. Er trat vor und schnappte sich das scharfe Filetiermesser und legte es außerhalb ihrer Reichweite auf die antike Kommode, die gegenüber von seinem Bett stand.

„Ja, weil ich dachte, dass du ein Mörder bist und mich in eine Falle gelockt hast", gab sie zu und schlang ihre Arme schützend um ihren Körper.

„Aha, kann es sein, dass du zu viele Krimis liest?", fragte er belustigt und fühlte, wie die Anspannung aus seinen Muskeln wich. Sein Herzschlag beruhigte sich und er nahm sich die Zeit, sie genauer zu betrachten. Zarte Sommersprossen tanzten auf ihren Schultern und Armen. Sie hatte das Handtuch fest um den Körper geschlungen, was ihre verführerischen Brüste vorteilhaft zur Geltung brachte.

„Der ganze Abend ist verrückt. Wo sind die anderen Bewerberinnen?", sagte sie und strich sich durch ihre Haare.

„Bewerberinnen?", fragte er verwirrt und hob den Blick, um ihr in die azurblauen Augen zu sehen. Dachte sie, dass er mit mehreren Frauen gleichzeitig geschrieben und telefoniert hatte?

„Ja, deshalb bin ich ja gekommen. Ich habe mich für die freie Stelle beworben", sagte sie, wischte die Finger am Handtuch ab und bückte sich, um nach ihrer Tasche zu greifen.

Ratlos blickte Cole sie an. Welche Jobanwärterinnen meinte sie? Wovon sprach sie genau? Cole hatte sie angeschrieben und nicht umgekehrt. Er hatte ihr Mails geschickt. Sie war ihm sympathisch erschienen und ihre Fotos hatten ihn angesprochen.

Er verschränkte die Arme vor der Brust. „Du bist die einzige. Außerdem siehst du nicht wie auf den Bildern aus. Ich habe mit einer brünetten Frau gerechnet."

Verlegen zuckte sie mit den Achseln. „Ich hatte kein aktuelles Foto und früher trug ich die Haare in meiner Naturhaarfarbe, aber blond gefällt mir besser." Sie fuhr sich mit der

Hand durch den frisch gewaschenen Haarschopf und ein paar Strähnen umspielten lieblich ihr Gesicht. „Ich war schon bei vielen Vorstellungsgesprächen, aber das ist das bizarrste."

Sie drehte sich im Kreis. „Warum sieht es hier wie an einem Tatort aus?"

„Das solltest du heute Abend gar nicht sehen. Ich wollte es dir morgen in Ruhe zeigen."

„Morgen?"

„Ja, du wirst die nächsten Wochen bei mir wohnen. Ich dachte, das habe ich klar und deutlich in der Mail geschrieben", stellte er fest und runzelte die Stirn.

Wortlos starrte sie ihn an.

Er deutete mit dem Kopf auf ihre Tasche. „Deshalb hast du Kleidung zum Wechseln mit."

Wieder färbten sich ihre Wangen rot. Fest umklammerte sie den Rucksack. Fragend sah er sie an. „Was ist in der Tasche?"

Kapitel 11

Kat drückte den Rucksack fest an ihre Brust. Ihre Wangen brannten. Niemals würde sie freiwillig verraten, was sich darin befand. Herausfordernd sah er sie an und kam einen Schritt näher. Automatisch wich sie zurück. Doch sie spürte den kühlen Bettrahmen an ihren Beinen.

Mit einem verschmitzten Lächeln auf den Lippen trat er dicht an sie heran. Kat nahm seinen anziehenden männlichen Duft wahr. Siedend heiß wurde ihr bewusst, dass er angezogen vor ihr stand, während sie sich nur mit einem Handtuch und ansonsten nackt neben seinem Bett aufhielt. Ihr Puls beschleunigte sich. Sein eindringlicher Blick sorgte dafür, dass Kat schwer schluckte und den

Rucksack wie ein Schutzschild vor ihre Brust presste.

Die ganze Situation lief völlig aus dem Ruder. Ursprünglich hatte sie geplant, schnell zu dem Vorstellungsgespräch zu erscheinen, den Job zu ergattern und sich dann mit ihren Freunden auf der Halloweenparty zu treffen und ihren Erfolg zu feiern. Da sie direkt zur Party wollte, hatte sie ihr Kostüm eingepackt.

„Willst du dich nicht anziehen? Oder ziehst du es vor, nackt zu Abend zu essen?" Sein Atem glitt verführerisch über ihr Ohrläppchen. Ein wohliger Schauer lief ihren Rücken entlang.

„Nach der Vorstellung im Bad wäre es fair, wenn ich deinen verlockenden Körper unverhüllt bewundern dürfte", raunte er ihr leise zu.

Ihr Herz raste. Kat bereute es, dass sie sich von ihrer besten Freundin Simone dazu überreden hatte lassen, ein sexy Schulmädchenkostüm zu kaufen. Ein verdammt knapper karierter Rock, eine enge helle Bluse, die mehr zeigte, als sie bedeckte und schwarze Kniestrümpfe mit weißen Streifen.

Sie überlegte. Sollte sie nackt bleiben, in das aufreizende Kostüm schlüpfen oder ihren Gastgeber um eine Hose und ein Shirt bitten?

Ihr Chef würde er nicht werden. Nach diesem verrückten Abend wollte sie den Job nicht. Egal, wie gut die Bezahlung war und wie dringend sie eine Anstellung brauchte. Kat ließ den Rucksack langsam zu Boden gleiten und räusperte sich. „Könntest du mir ein Shirt und eine Jogginghose leihen?" Vor Scham brannten ihre Wangen und sie senkte verlegen den Kopf.

Ohne auf ihre Bitte einzugehen, hob er mit zwei Fingern ihr Kinn. „Was ist in deiner Tasche?", fragte er erneut.

„Das geht dich nichts an." Sie atmete tief durch. Sie würde im Notfall ihre nassen Sachen wieder anziehen und sich wenn nötig die ganze Nacht im Bad einsperren.

Den Job konnte sie ohnehin abschreiben.

Kat legte ihre Hände auf seine Brust, um ihn wegzuschieben, doch als ihre Handflächen seinen muskulösen Oberkörper berührten, jagten heiße Schauer durch ihre Adern. Sie sollte ihn nicht anfassen. Dennoch war sie nicht im Stande, die Hände von ihm zu lösen. Wenn es sich schon so gut und richtig anfühlte, nur sein Shirt zu berühren, wie mochte es sein, seine nackte Haut unter ihren Fingern zu ertasten? Kat sehnte sich danach, seine verschlungenen Tattoos mit den Fingerspitzen nachzufahren und jeden Millimeter von seinem verführerischen Körper zu erkunden.

Sie hob den Kopf und sah Verlangen in seinen Augen aufflackern.

Der Wind heulte und der ganze Abend erschien ihr unwirklich.

Anstatt sich mit ihren Freundinnen auf der Party zu amüsieren und Cocktails zu schlürfen, befand sie sich in dieser alten Villa. Erst letzte Woche hatte sie Simone, Marion und Nicole versprochen, sich nach der langen Flaute wieder mit einem heißen Kerl einzulassen und sich eine leidenschaftliche Nacht mit unverbindlichem Spaß zu gönnen.

Doch so hatte sie sich das nicht vorgestellt.

Sie stand in einem Schlafzimmer.

Nackt.

Mit einem sehr attraktiven Fremden mit langen dunklen Haaren, sexy Tattoos und geheimnisvollen schokoladebraunen Augen.

Einem Mann, vor dem sie geflohen war und der sie kurzerhand eingefangen, über die Schulter geworfen und wieder hierhergeschleppt hatte.

Den sie in ihrer Panik mit einem Küchenmesser bedroht hatte.

Kat war ansonsten immer vernünftig gewesen. Hatte sich an die Regeln gehalten. Und was hatte ihr das gebracht? Sie hatte weder einen festen Freund noch einen Job und konnte sich bald die Miete für ihre kleine Wohnung nicht mehr leisten.

Aber das Schicksal hatte sie heute hierhergeführt. Warum nicht das Beste aus der Situation machen?

Einmal im Leben wollte sie etwas wagen. Sich Hals über Kopf in ein Abenteuer stürzen.

Ohne weiter darüber nachzudenken, stellte sich Kat auf die Zehenspitzen und presste die Lippen auf seinen einladenden Mund. Hitze breitete sich in ihrem Körper aus und sie vergrub die Finger in seinen langen Locken. Ihre andere Hand glitt unter sein Shirt. Der Kuss weckte ein überwältigendes Verlangen in ihr und sie verlor die letzte Hemmung.

Das Handtuch löste sich und es segelte langsam zu Boden.

Er zog zischend den Atem ein. „Bist du dir sicher, dass du das willst?"

„Ja", hauchte sie gegen seine Lippen.

Ohne Zeit für eine Antwort zu verlieren, hob er sie hoch und legte sie auf sein Bett.

Kapitel 12

Zugegeben, Cole hatte sich seit Wochen auf diesen Abend gefreut. Bis ins kleinste Detail hatte er den Ablauf geplant und alle Utensilien besorgt. Doch die Realität übertraf seine kühnsten Vorstellungen. Nie hätte er geahnt, dass er mit seiner Besucherin im Bett landen würde. Sicher, in seinem beruflichen Umfeld war er nackte Haut gewöhnt, aber keine Frau hatte ihn bis jetzt derart schnell die Beherrschung verlieren lassen. Draußen tobte der Sturm. Doch das war nichts im Vergleich zu dem Orkan in seinem Inneren. Sie ergriff die Initiative und küsste ihn mit einer Leidenschaft, die ihm schier den Atem raubte. Cole schloss genießerisch die Augen und all seine Sinne waren auf sie gerichtet. Als das Handtuch verführerisch langsam zu Boden glitt, wollte er sie sofort in seinem Bett haben. Er zwang sich, sie nicht wie ein Wilder zu packen, und presste hervor: „Bist du dir sicher, dass du das willst?"

Angespannt wartete er auf ihre Antwort. Ihr gehauchtes „Ja" reichte, um heiße Begierde durch seine Adern zu jagen. Er hob sie hoch und legte sie auf sein Bett. Sofort fanden sich ihre Lippen erneut. Zwischen den Küssen zog er sich sein Shirt über den Kopf, während sie am Knopf seiner Hose zerrte. Er schob ihre Hände beiseite und entledigte sich selbst der letzten Kleidungsstücke. Nie war es ihm wichtiger gewesen, einem anderen Menschen nahe zu sein.

Ein Blitz erhellte den Raum, ein lautes Donnern folgte. Doch für ihn gab es nur die junge Frau in seinen Armen. Sie berührten nicht nur die Haut des anderen. Hier, in dieser Nacht, passierte etwas Magisches. Cole suchte ihren Blick und sie sahen sich in die Augen. Es schien, als schaute er direkt in ihre Seele. Ehrfürchtig strich er über ihre zarten Rundungen und wollte jeden Zentimeter erkunden und liebkosen.

Zärtlich verwöhnte er ihre Brustwarzen, die hart gegen seine raue Handfläche drückten. Er entlockte ihr ein wildes Keuchen, als er mit dem Daumen über ihre verführerischen

Nippel strich, die sich unter seiner Berührung aufrichteten.

„Mehr." Ein tiefes Stöhnen drang aus ihrer Kehle.

Seine Erektion pulsierte schmerzhaft, als sie sich ihm entgegendrückte und ihre rosigen Brustspitzen fester gegen seine Hände rieben. Lange könnte er sich nicht mehr beherrschen.

Sie umfasste sein Gesicht mit den Fingern und küsste ihn mit wilder Begierde. Dann löste sie sich ein Stück von ihm, legte die Hände auf seine Schultern und erkundete spielerisch seinen Körper.

Er ließ sie gewähren und bemühte sich, den letzten Rest seiner Selbstkontrolle zu bewahren, und genoss ihre zärtlichen Berührungen. Als er es nicht länger aushielt, schnappte er ihre Hände und hielt sie über ihrem Kopf gefangen. „Vorsicht, sonst ist es früher vorbei, als uns lieb ist", raunte er.

„Wer sagt, dass ich es langsam will?"

Blut schoss durch seinen Körper, als er wildes Begehren in ihren Augen funkeln sah.

Tiefer Donner grollte, als er sie packte und leidenschaftlich ihren Mund eroberte. Seine Finger wanderten nach unten und die Nässe zwischen ihren Schenkeln verriet ihm, dass sie bereit für ihn war.

Am liebsten hätte er sich sofort in ihr versenkt, aber Cole war kein verantwortungsloser Liebhaber und gegen seinen Willen löste er sich von ihr. Rasch schnappte er sich ein Kondom aus seiner Nachttischschublade, das sie ihm aus den Fingern nahm, aufriss und geschickt über seine Männlichkeit stülpte.

„Lass uns jetzt keine Zeit mehr verlieren", hauchte sie mit rauer Stimme.

Mit einem harten Stoß versenkte er sich in ihr und sie schlang die Beine um seine Hüfte.

„Ja, ja, ja ...", schrie sie und sie fanden einen gemeinsamen Rhythmus, der sie beide zum Höhepunkt trieb.

Die Nacht schien kein Ende zu nehmen. Erst in den frühen Morgenstunden schliefen sie erschöpft ein, nachdem sie sich mehrmals geliebt hatten. Mal zärtlich und genüsslich, dann wieder rau und hemmungslos.

Kapitel 13

Sanfte Sonnenstrahlen weckten Cole und er drehte sich müde zur Seite. Er war kein Morgenmensch und liebte es, lange in den Vormittag hinein zu schlafen. Er rieb sich über die Stirn und atmete einen vertrauten blumigen Duft ein, der an seinem Kissen haftete.

Mit einem Schlag fiel ihm alles wieder ein. Der heftige Sturm. Sein heißersehnter Gast. Ihr seltsames Verhalten. Die Flucht. Das Messer. Stürmischer Sex. Prompt reagierte sein Körper und das Blut strömte heiß durch seine Adern.

Ob sie wohl Lust auf eine sinnliche Vereinigung am Morgen verspürte? Suchend glitten seine Hände über das Laken. Da er sie nicht ertastete, öffnete er widerwillig die Augen.

Das Bett war leer.

Er setzte sich ruckartig auf und strich sich die wirren Haare aus dem Gesicht.

Es schien, als wäre sie nie hier gewesen. Nur ihr verführerischer Duft lag in der Luft.

Sein Blick huschte durch den Raum. Cole entdeckte ihren Rucksack und Erleichterung durchströmte sein Herz. Er lauschte und hörte leise Schritte draußen am Gang. Vorsichtig öffnete sie die Tür und schlich zurück ins Zimmer.

Ein Lächeln umspielte seine Lippen, als er sah, dass sie sein graues Shirt trug. Er sank zurück in die dunklen Seidenkissen und hob einladend die warme Decke. „Komm wieder ins Bett."

Sie zögerte und kaute auf ihrer Unterlippe herum.

Dann sprachen sie gleichzeitig.

„Ben. Ich ..."

„Sarah. Wir ..."

Betroffen sahen sie sich an.

Anschließend sagten sie zeitgleich:

„Ich heiße Cole ..."

„Ich bin Kat ..."

Ruckartig setzte sich Cole auf. Tausend Gedanken rasten durch seinen Kopf.

Wer war sie?

Warum war sie hier bei ihm?

Sein Herz klopfte heftig in seiner Brust.

Was war hier los?

War alles eine Lüge gewesen?

Sein Magen verknotete sich und Übelkeit stieg in ihm hoch.

War ihr echter Name Kat?

Wer zum Teufel war Ben?

Er hatte einige Mails mit Sarah gewechselt. Sie wollte gestern Abend zu ihm kommen. Hatte sie eine Freundin zu ihm geschickt?

„Wir sollten dringend reden", sagte sie leise und setzte sich zu ihm auf die Bettkante.

Cole nickte. „Ja, da hast du recht!"

Kapitel 14

Kats Herz klopfte laut in ihren Ohren. Das hier war nicht Ben, ihr möglicher Arbeitgeber, sondern ein unbekannter Mann mit dem Namen Cole.

Sie schüttelte leicht den Kopf. Nein, ein Fremder war er nach dieser leidenschaftlichen und hemmungslosen Nacht definitiv nicht mehr.

Kat blickte zu Cole, der aus dem Bett gesprungen war und im Zimmer herumlief und Kleidung aus der Kommode nahm. Aufgewühlt und schweigend zog er sich eine verwaschene Jeans und ein dunkles Shirt an.

Kat saß auf der Bettkante und beobachtete das Spiel seiner Muskeln. Gedankenverloren rieb sie sich über ihre Arme, auf denen sich die Härchen wegen der kühlen Morgenluft und dem bevorstehenden Gespräch aufgestellt hatten. Sie trug nur das T-Shirt, das ihr Gastgeber gestern getragen hatte. Sie hatte es sich geschnappt, als sie am Morgen die Toilette aufgesucht hatte. Obwohl sie mehrmals miteinander geschlafen hatten, war es ihr unpassend erschienen, nackt durch diese pietätvolle Villa zu marschieren.

Cole trabte zur Kommode und wühlte erneut darin herum. Schweigend reichte er ihr eine unbenutzte Jogginghose und sie schlüpfte hinein. Das frische Oberteil lehnte sie dankbar ab, ihre Wangen röteten sich, als er eine Braue hob. Doch unerklärlicherweise fühlte sie sich in seinem Shirt, an dem sein männlicher Duft hing, geborgen. Sie hatte vorhin ihre Kleidung, die sie gestern getragen hatte, aus dem Badezimmer geholt, aber sie war verschmutzt und feuchtkalt.

„Hier", sagte er und reichte ihr eine bordeauxfarbige Kapuzensweatjacke, die sich herrlich weich anfühlte. Dankbar schlüpfte sie in das warme Kleidungsstück.

Sie sollten sich aussprechen und endlich die Karten auf den Tisch legen, das war ihr klar, aber keiner wagte den ersten Schritt. Es wirkte, als wären sie in einer Traumblase, und beide schienen zu wissen, dass das Gespräch alles verändern würde.

Er verließ den Raum und verschwand im Badezimmer. Sie hatte sich vorhin kurz frisch gemacht und sogar die Zähne geputzt, da sie stets eine kleine Reisezahnbürste mit sich herumschleppte.

Ruhelos lief sie im Zimmer auf und ab, als Cole erneut den Raum betrat.

Angespannt beobachtete sie jede seiner Bewegungen. Er schloss die Kommodenlade und sammelte die Kleidung, die er am Vortag getragen hatte, ein und warf alles auf einen Stuhl, der in der Ecke stand.

Sein Blick wanderte immer wieder zu ihrem Rucksack, der neben dem Bett auf dem Boden lag. Dennoch fragte er nicht erneut nach dem Inhalt. Aber sie sah, dass es ihn brennend interessierte.

Sie mussten vieles besprechen und klären, da waren ihre Habseligkeiten, die sie zu diesem verrückten Termin mitgenommen hatte, ihre geringste Sorge.

Seufzend deutete sie auf die Tasche. „Du kannst hineinsehen."

„Ich habe nichts gesagt", entgegnete er prompt.

„Ja, aber obwohl ich dich nicht gut kenne, merke ich, dass du gleich vor Neugier platzt."

„Da hast du recht." Er griff nach dem Rucksack und sie hielt den Atem an, als er das

Schulmädchenkostüm herausfischte. Cole hob den Kopf und sah sie direkt an. Dann zog er eine Braue hoch und pfiff anerkennend. „Will ich wissen, für welchen Job du dich beworben hast?"

Augenblicklich bereute sie, ihm erlaubt zu haben, den Rucksack zu öffnen.

„Es ist nicht so, wie es scheint." Sie riss ihm die Verkleidung aus der Hand und stopfte sie wieder in die Tasche.

Mit einem schiefen Grinsen fuhr er sich durch die Haare. „Lass uns frühstücken. Ich bin ausgehungert. Ich habe gestern Abend kein Abendessen bekommen und musste die ganze Nacht körperlich arbeiten", sagte er und zwinkerte ihr verschmitzt zu.

Kat verdrehte spielerisch die Augen und gemeinsam schlenderten sie in die Küche.

Cole deutete auf den Barhocker. „Nimm Platz. Möchtest du eine Tasse Kaffee, Tee oder etwas anderes trinken?"

„Bitte Kaffee", antwortete sie. „Kann ich helfen?", bot sie an, doch er schüttelte den Kopf.

„Du bist mein Gast, schon vergessen?"

„Nein, ich bezweifle, dass ich jemals ein Detail dieser verrückten Nacht vergessen werde."

Verwundert sah sie, dass er trotz dieser hochmodernen Küche mit einer kleinen Mokkakanne Kaffee aufbrühte.

„Wow, ich wusste nicht, dass heutzutage noch jemand so ein Gefäß verwendet", staunte sie.

„Ich mag diese automatischen Maschinen nicht, wo man nur einen Knopf drücken muss. Außerdem bin ich meist allein, da wäre es ohnehin Verschwendung."

Während die Kanne auf dem Herd stand, reichte er ihr Besteck und Geschirr und sie deckte den Tisch. Cole überraschte sie, als er zum Kühlschrank ging und einige Lebensmittel auf die glänzende Arbeitsfläche legte. Er öffnete Schubladen und Schränke und wenige Minuten später rührte er mit geübten Handgriffen einen Teig an.

Gemeinsam mit dem Kaffee servierte er ihr ein verführerisch duftendes Frühstück.

Wohlig seufzend verschlang sie flaumige Pancakes mit reichlich Sirup und frischen Heidelbeeren. „Herrlich! Daran könnte ich mich gewöhnen", sagte sie genießerisch.

„Ich bin ein ausgezeichneter Koch. Das wüsstest du, wenn du gestern die Lasagne probiert hättest", tadelte er mit sanfter Stimme.

Sein Gesicht wurde ernst und er atmete tief durch. „Wer bist du und für welchen Job hast du dich beworben?"

„Ich heiße Katharina Belford, aber alle nennen mich Kat und ich habe eine Annonce für einen Job als Assistentin im Internet gefunden. Ich hatte einen Termin bei Ben Meyer."

Prompt verschluckte er sich und hustete.

„Ben Meyer? Er ist mein Nachbar und über siebzig Jahre alt. Warum hast du ein Schulmädchenkostüm dabei?" Er hob die Gabel. „Nein, ich will es nicht wissen."

Sie trank einen Schluck Kaffee, dann erklärte sie: „Ich hatte das Kostüm mit, weil ich nachher zu einer Party wollte. Nicht für meinen Chef!"

„Gut zu wissen", sagte er lachend.

Kat kniff die Augen zusammen. „Jetzt zu dir! Wer bist du und warum sieht dein Schlafzimmer wie ein Tatort aus? Auf wen hast du gestern gewartet?"

„Auf Sarah. Ich habe sie im Internet kennengelernt. Sie sollte gestern zu mir kommen. Ich habe das Zimmer extra für sie hergerichtet und wollte sie damit überraschen."

„Männer", murmelte Kat und schüttelte leicht den Kopf. „Wolltest du Sarah etwa mit so einem Setting beeindrucken? Was für ein perverser Typ bist du?"

„Das sagt die Frau mit dem knappen Schulmädchenkostüm ..." Er lachte und spießte ein paar frische Beeren auf die Gabel.

Das tiefe Lachen und sein angenehmes Timbre gingen ihr prompt unter die Haut. Sie liebte es, Hörbücher zu hören, im Besonderen mit Sprechern, die über eine ansprechende Sprachmelodie verfügten, und Coles Stimme könnte sie stundenlang lauschen, selbst wenn er ihr langweilige Paragrafen aus einem Gesetzbuch vorläse.

Sie beobachtete ihn beim Essen und fragte sich, warum ihr Gastgeber sie derart faszinierte. Nie hatte sie einen Mann kennengelernt, der sie vom ersten Moment in den Bann gezogen hatte, und mit jeder weiteren Facette, die sie an ihm entdeckte, fühlte sie sich mehr zu Cole hingezogen.

Seine dunklen Augen funkelten belustigt und sie versank in seiner geheimnisvollen Iris. Dann wurde sein Blick unvermittelt ernst.

„Ich bin Fotograf und plane eine neue Fotokollektion, die ich in wenigen Monaten ausstellen werde. Sie wollte als Modell für mich arbeiten. Ich heiße Cole Winter", erklärte er.

Von seinem Geständnis überrascht, legte Kat ihr Besteck beiseite und starrte ihn mit weit aufgerissenen Augen an.

„Cole Winter? Der berühmte Fotograf? Der für seine bizarren Bilder bekannt ist?"

Er nickte, dann sagte er: „Jep. Nur brauche ich dieses Mal kein lebendiges Modell, sondern eine Leiche."

Kapitel 15

Belustigt sah Cole, wie sie die Augen vor Schock aufriss. Er liebte es, Menschen mit seinen Fotos zu provozieren.

Zu Beginn seiner Karriere hatte er auf Hochzeiten, Geburtstagen und anderen Events fotografiert, aber rasch erkannt, dass ihm solche Fotografien zu eintönig waren.

Er wollte menschliche Abgründe, Hass und die Dunkelheit auf Bildern festhalten. Cole versuchte mit seinen Darstellungen, die Betrachter zum Nachdenken anzuregen und zu zeigen, dass im Leben nicht alles schwarz oder weiß war. Es gab unzählige Grautöne und Schattierungen.

Im Privaten war er ein langweiliger Mensch, der zurückgezogen in diesem alten Kasten hauste.

Aber beruflich liebte er den Reiz des Verbotenen und wollte Grenzen überschreiten.

„Ich stehe nicht zur Verfügung!", warf sie ihm entrüstet entgegen.

„Komm schon, du wärst eine ausgezeichnete Leiche", zog er sie amüsiert auf.

Sie schüttelte abwehrend den Kopf. „Bedaure. Ich werde lieber die Assistentin von einem biederen alten Mann, als für dich eine Tote zu mimen. Tut mir leid." Sie trank den Kaffee aus und streckte sich. „Danke für das köstliche Frühstück. Ich werde jetzt den Pannendienst rufen."

„Wozu brauchst du einen Pannendienst?", fragte er erschrocken und legte sein Besteck zur Seite.

„Ich bin gestern mit dem Auto von der Straße abgekommen, weil ein Baumstamm die Fahrbahn blockiert hat und bin im Straßengraben gelandet. Zum Glück konnte ich den Wagen eigenständig verlassen und zu Fuß weiterlaufen. Deshalb war ich durchnässt, als ich deine Villa erreicht habe. Wobei ich mich offensichtlich im Haus geirrt habe."

Bestürzt sah er sie an. „Warum hast du das nicht früher gesagt? Ist alles in Ordnung? Hast du dich verletzt?"

„Mir geht es gut. Der Unfall hat mich erschreckt, aber passiert ist mir zum Glück nichts. Da hast du mir mehr blaue Flecken zugefügt, als du mich durch die Nacht gejagt hast."

„Das tut mir leid. Aber zu meiner Verteidigung muss ich sagen, dass ich dich nicht jagen, sondern retten wollte." Cole lehnte sich vor, strich zärtlich über ihre Wange und küsste sie auf den Scheitel.

Kat hob den Blick und schenkte ihm ein bezauberndes Lächeln. „Ich hole schnell mein Handy und rufe Mr. Meyer an, um ihm alles zu erklären."

Sie verließ den Raum und er blickte ihr einen Moment nach, ehe er sich ebenfalls erhob und ins angrenzende Büro schlenderte. Cole sah sich suchend um und er fand sein Smartphone auf seinem überfüllten Schreibtisch, wo es die ganze Nacht gelegen hatte. Er kehrte in die Küche zurück und lehnte sich an die Anrichte. Er wischte übers Display und entdeckte eine Mail von Sarah, die er sofort öffnete. Wie zu erwarten stand in der Nachricht, dass sie verhindert sei und sie das Treffen verschieben müssten. Er checkte das Datum. Sie war gestern Abend verschickt worden. Aber wegen des Sturms war die Internetverbindung unterbrochen gewesen, deshalb hatte er die Mitteilung nicht zeitnah gelesen.

Abwesend rieb er sich über seine Stirn. Wie war es möglich, dass Ereignisse, die sich vor weniger als vierundzwanzig Stunden zugetragen hatten, sein ganzes Leben auf den Kopf stellten?

Mittlerweile hinterfragte er seine Vision für das aktuelle Projekt. Weshalb hatte er gedacht, eine braunhaarige Frau wäre die richtige für seine Ausstellung? Seit letzter Nacht faszinierte ihn eine zierliche Blondine mit strahlend blauen Augen.

Leise Schritte verrieten ihm, dass Kat wieder die Treppe herabkam. „Oben habe ich keinen Handyempfang", sagte sie, als sie sich neben ihn an die Anrichte lehnte.

Cole nickte. „Ja, das ist ein großer Nachteil dieser prächtigen Villa. Den besten Empfang hast du in meinem Büro. Du kannst es gerne benutzen. Oder du bleibst hier in der Küche, denn da ist der Netzempfang ebenfalls akzeptabel", antwortete er.

„Danke", sagte sie lächelnd, stieß sich ab und trabte in sein Arbeitszimmer. Da sie die Tür offen ließ, konnte er ihr Telefonat mithören.

Während Kat mit Ben Meyer telefonierte und erklärte, warum sie zum verabredeten Gespräch nicht hatte kommen können und einen neuen Termin vereinbarte, rief er den

Pannendienst an und die Dame versprach, in den nächsten Stunden jemanden zu schicken. Danach informierte er den örtlichen Straßendienst, damit sich ein Mitarbeiter um den Baum kümmerte, der die Straße blockierte.

„Sieht so aus, als wärst du noch ein paar Stunden zu Gast in meiner einsamen, viktorianischen Villa", erklärte er, als sie sich wieder zu ihm in die Küche gesellte.

„Danke, dass du für mich jemanden angerufen hast und danke für deine Gastfreundschaft." Kat schob ihr Handy in die Hosentasche.

Er stellte sich dicht zu ihr und beugte sich vor. „Das habe ich gerne gemacht."

Sie strich sich eine blonde Strähne hinter ihr Ohr. Dann trat sie einen Schritt zurück und knabberte an ihrer Unterlippe. Diese Lippen sind zum Küssen gemacht, sinnierte er und hätte sie liebend gern vernascht.

„Wie kommt es, dass du so einsiedlerisch in diesem alten Gebäude lebst?", fragte sie und riss ihn aus seinen Fantasien.

„Das Haus gehörte einst einem verschrobenen Onkel, der es mir nach seinem Tod vermacht hat. Er lebte zurückgezogen und keiner in meiner Familie mochte ihn, denn er war sein Leben lang ein närrischer und zänkischer

Mann. Seltsamerweise hatte er mich ins Herz geschlossen."

„Warum wohl ...?", sinnierte Kat und lachte, als er sie böse anfunkelte.

„Entschuldige, aber die Blutflecken, das Messer und deine bizarren Bilder, du bist kein gewöhnlicher Mann", erklärte sie mit einem Schmunzeln.

„Und du bist keine gewöhnliche Frau", entgegnete er und näherte sich ihr erneut. Sie standen dicht beieinander und überraschenderweise erregte es ihn, dass ihr schlanker und biegsamer Körper in seiner Kleidung steckte.

„Wir haben reichlich Zeit, bis der Pannendienst kommt. Kann ich dir etwas Gutes tun?", flüsterte er und knabberte sinnlich an ihrem zarten Hals.

Kat vergrub die Finger in seinen vollen Haaren, die er heute offen über die Schulter fallen ließ. Normalerweise band er sie zu einem unordentlichen Knoten zusammen.

„Da du schon so fragst ...", säuselte sie und legte den Kopf in den Nacken, damit er besseren Zugang zu der empfindlichen Haut hatte.

„Wie kann ich dich glücklich machen?"

„Es gäbe da etwas, dass ich unendlich gerne versuchen würde", sagte sie und kaute schüchtern auf ihrer Unterlippe herum.

„Aber?", fragte er, als sie stockte.

„Ich weiß nicht, ob ich dich darum bitten kann. Es ist so schmutzig und ...", sie zögerte.

„Alles, was du willst, Baby. Glaub mir, mir ist nichts zu dreckig oder zu verdorben." Coles Puls beschleunigte sich bei der Vorstellung, was sie mit ihm anstellen wollte. Sein Schwanz zuckte, als ihm wieder das freche Schulmädchenkostüm in ihrer Tasche einfiel. Seine Finger strichen sachte über ihren Rücken.

„Danke, ich habe bis jetzt noch nie einen Mann darum gebeten", gestand sie.

Coles Augen weiteten sich und er beugte sich angespannt vor.

„Ich weiß es zu schätzen, dass du meine dreckige Kleidung waschen wirst. Damit wäre mir geholfen, denn ich möchte dann unverzüglich zu Ben Meyer fahren", sagte sie mit sachlichem Tonfall und löste sich von ihm. „Die Sachen liegen im Schlafzimmer."

So eine kleine freche Wildkatze.

Ein tiefes Grollen löste sich aus seiner Kehle und entlockte ihr ein helles Lachen. „Du hättest dein erwartungsvolles Gesicht sehen sollen", prustete sie und lachte lauthals.

„Sehr witzig! Ich zeige dir die Waschmaschine, dann kannst du dich selbst darum kümmern", brummte er.

„Das ist nicht nötig, es reicht, wenn du es machst. Ich trinke derweilen eine weitere Tasse Kaffee", flötete sie ungeniert und zwinkerte ihm zu.

Cole starrte sie mit offenem Mund an. Er hatte in seinem Leben einiges erlebt, aber so eine dreiste Frau war ihm nie begegnet. Unschlüssig stand er da und rieb sich über den Nacken.

Kurz ließ sie ihn zappeln, dann zog sie sein Gesicht zu sich heran und hauchte einen zarten Kuss auf seine Lippen. „Das war ein Scherz. Darf ich bitte deine Waschmaschine und deinen Trockner verwenden? Ich bin ein großes Mädchen und kann die Geräte selbst bedienen."

„Klar. Komm mit", antwortete er lachend und küsste sie stürmisch.

Sie einigten sich, die Schmutzwäsche gemeinsam zu waschen. Sie wuschen die mit Schlamm und Dreck verkrusteten Kleidungsstücke mit einem Kurzprogramm und steckten sie anschließend gleich in den Trockner. Trotz einiger Überredungsversuche bestand Kat darauf, am selben Tag zu seinem Nachbarn zu fahren. Sie wollte und brauchte den Job immer noch.

Obwohl es irrational war, widerstrebte es Cole, sie ziehen zu lassen. Die frechen

Wortgefechte und die leidenschaftliche Nacht mit ihr würde er liebend gern wiederholen.

Während sie auf den Abschleppwagen und die Wäsche warteten, führte er sie durch die Villa und zeigte ihr eine Auswahl aus seinen Fotografien. Aufmerksam betrachtete sie die Bilder und er war fasziniert von ihrer Gabe, sie treffend zu interpretieren. Kat scheute sich nicht, ehrliche Kritik zu üben, und er würde nur zu gern mit ihr zusammenarbeiten.

Unauffällig musterte er sie und sie stieß ihn in die Seite.

„Hör auf mich anzustarren und dir vorzustellen, wie ich als Leiche in deinem Schlafzimmer liege."

„So gern ich dich blutüberströmt auf dem Teppich fotografieren will, lieber würde ich andere Dinge mit dir anstellen ..."

„Auf dem Teppich?"

„Finden wir es heraus." Er packte sie und hob sie hoch.

Kat schlang die Arme um seinen Hals. „Lass uns keine Zeit verlieren."

Kapitel 16

Kat glaubte zu träumen. Nie zuvor hatte ein Mann sie mit derartigem Verlangen angesehen. Als Cole sie dieses Mal schnappte, versuchte sie nicht zu fliehen, sondern ließ sich von dem berauschenden Gefühl mitreißen, von einem kräftigen Mann auf Armen durch das Haus getragen zu werden.

Als wöge sie weniger als eine Feder, trug er sie leichten Fußes die geschwungene Marmortreppe hinauf und erneut betraten sie sein geräumiges Schlafzimmer.

Sachte setzte er sie auf dem herrlich weichen Bett ab und sofort vermisste sie die Wärme seines straffen Körpers.

Sehnsuchtsvoll streckte sie die Arme nach ihm aus und zog ihn an sich. Sie küssten sich wild und leidenschaftlich und sie genoss es, seine kundigen Finger auf ihrer erhitzten Haut zu fühlen.

In der letzten Nacht hatte sie ihm die Führung überlassen, aber dieses Mal wollte sie ihn verführen. Sie löste sich aus seiner Umarmung und schubste ihn auf die weiche Matratze. Er lag auf dem Rücken und versuchte, sich aufzurichten, doch sie legte eine Hand auf seine Brust und übte leichten Druck aus. Rittlings schwang sie sich auf seine Hüften und beugte sich vor, um ihn zu küssen. Sie krallte sich in sein Shirt und eroberte seinen Mund mit ihrer Zunge. Verführerisch langsam richtete sie sich auf und zog Zahn für Zahn den Reißverschluss der Kapuzenjacke auf.

Mit einem leisen Rascheln rutschte der Stoff von ihren Schultern und sie packte die Enden des Shirts, um es sich über den Kopf zu ziehen. Anstatt es achtlos zur Seite zu werfen, drehte sie es zu einem dicken Seil und beugte sich vor. „Vertraust du mir?", raunte sie ihm zu.

Er nickte und blickte sie erwartungsvoll an.

Kat lehnte sich vor und knabberte spielerisch an seinem Ohrläppchen, ehe sie befahl: „Hände über den Kopf."

Widerstandslos gehorchte er und sie schlang das Stoffseil locker um seine Handgelenke.

„Stehst du auf Fesselspiele?", fragte er mit rauer Stimme.

Statt zu antworten, biss sie in seine Schulter und sah, wie er unter ihrer Berührung erbebte.

Betörend rieb sie ihr Becken an seiner Hüfte, öffnete ihren Büstenhalter und ließ ihn dabei keine Sekunde aus den Augen. Kat beugte sich vor und strich mit ihren Brustspitzen über seinen Oberkörper, als er seine gefesselten Hände instinktiv nach vorne riss, fing sie sie im Flug ab und drückte die Handgelenke wieder an ihren Platz zurück. Sie schüttelte den Kopf. „Nein, dieses Mal bin nur ich es, die dich berührt. Entspann dich und genieß es."

„Das ist pure Folter", stöhnte er, als sie sich aufrichtete und ihren Daumen in den Bund ihrer geliehenen Stoffhose einhackte. Stück für Stück schob sie das Kleidungsstück nach unten und er erhaschte einen Blick auf ihr schwarzes spitzenbesetztes Höschen, das mehr zeigte, als es bedeckte.

„Kat, wenn ich geahnt hätte, wie wenig Stoff du am Leib trägst, hätte ich dich gleich nach dem Frühstück auf der Theke genommen."

„Vielleicht haben wir noch Zeit für ein leichtes Mittagessen und ein sündiges Dessert."

„Verdammt, die Zeit nehmen wir uns. Es ist mir egal, wann der Pannendienst kommt. Wir kommen vorher ...", raunte er ihr zu.

„Aber zuerst muss ich dich entkleiden, du hast definitiv zu viel an."

Als sie nach dem Knopf seiner Jeans griff, hob er willig den Unterleib, Kat zerrte an seiner Hose und schälte ihn aus den engen Boxershorts.

Abermals kletterte sie auf seine schmalen Hüften, kreiste mit ihrer heißen Mitte einladend über seinen erigierten Schwanz und entlockte ihm ein sehnsüchtiges Stöhnen.

Sie neckte und lockte ihn, doch verwehrte ihm, endlich in sie zu stoßen. Frustriert presste er die Zähne zusammen.

„Ich denke, ich habe dich lang genug gequält. Du verdienst eine Belohnung."

Kat rutschte nach unten, bis sie auf seinen Oberschenkeln saß und senkte den Kopf. Sie blies ihren heißen Atem über seine Männlichkeit, ehe sie seinen harten Schwanz in ihren Mund gleiten ließ.

„Fuck!"

Ihre Zunge kreiste über seine Spitze, während sie ihn mit ihrer rechten Hand umfasste und diese langsam auf und ab rieb. Sie übte unterschiedlichen Druck aus und fand rasch heraus, wie sie ihn in den Wahnsinn treiben konnte. Sie spielte mit ihm, reizte seine Lust und trieb ihn knapp vor den Höhepunkt, ehe sie wieder von ihm abließ und ihr Spiel erneut wiederholte. „Ich kann nicht mehr", knurrte Cole. Riss seine Hände auseinander, und löste damit den lockeren Knoten. Geschickt drehte er sich mit ihr herum, sodass sie unter ihm lag. „Genug gespielt."

Er langte zu seiner Nachttischschublade und schnappte sich ein Kondom, das er mit den Zähnen aufriss und sich hektisch überstreifte.

Mit einem kräftigen Stoß drang er tief in sie ein, entlockte ihnen beiden einen erleichterten Seufzer und sie gaben sich ihren Gefühlen hin.

Wenig später lagen sie eng umschlungen und keuchend zusammen im Bett, als Kat den Kopf hob und ihn mit weit aufgerissenen Augen anstarrte. „Cole!"

„Was?", fragte er alarmiert und richtete sich auf.

„Wir haben es schon wieder im Bett getrieben, wollten wir uns nicht auf dem Teppich vergnügen?", zog sie ihn scherzhaft auf.

Er sank knurrend zurück in die Kissen und legte gespielt theatralisch stöhnend einen Arm über seine Augen. „Da hast du recht. Liebling, ich denke, wir müssen das Ganze auf dem Teppich wiederholen."

Ihre Brust hob und senkte sich und sie strich sich eine feuchte Haarsträhne aus der Stirn. „Zum Glück haben wir so reichlich gefrühstückt und ausreichend Kraft für eine weitere Runde."

„Gib mir fünfzehn Minuten, dann bin ich bereit, dich erneut zu beglücken", versprach Cole und sie schmiegte sich in seine Arme.

Kapitel 17

Kat kleidete sich widerwillig an. Nur zu gern wäre sie den ganzen Tag mit Cole im warmen Bett geblieben. Nachdem sie sich auf dem rauen Teppich vergnügt hatten und Cole sie mit seiner flinken Zunge in den siebten Himmel katapultiert hatte, waren sie erschöpft ins kuschelige Bett zurückgekrochen und vor Müdigkeit eingenickt.

Ihre Kleidung war mittlerweile sauber und trocken und sie schlüpfte in ihr gewohntes Outfit, wobei sie lieber wieder die warme Kapuzensweatjacke und das Shirt mit dem herben männlichen Geruch angezogen hätte. Sie trabte ins Badezimmer und der Weg dorthin spürte sich ungewohnt vertraut an. Obwohl sie erst wenige Stunden hier war, fühlte sie sich wie zu Hause, als sie in einer Schublade eine passende Haarbürste fand. Es hatte seine Vorteile, Zeit mit einem Mann zu verbringen, der seine Mähne lang trug. Die Menge an erstklassigen Haarpflegeprodukten ließ sie vor Neid fast erblassen. Das hätte sie Cole niemals zugetraut, denn der Rest des Hauses war eher spartanisch eingerichtet. Es schien, als würde er auf alles verzichten, dass ihm nicht wichtig war und dafür beim Fotografieren, Kochen und der Haarpflege hochwertige Produkte besitzen. Das sollte sie ebenfalls so handhaben, dachte Kat und sah ihre unordentliche Wohnung vor ihrem inneren Auge. Beschwingt kämmte sie ihre blonden Haare, bis sie ihr in weichen Wellen über den Rücken fielen.

Dieses Halloween würde für immer in ihrem Gedächtnis bleiben. Nie hatte Kat sich so bereitwillig einem Fremden hingegeben. Sie hatte einige gescheiterte Beziehungen hinter sich. Doch normalerweise lernte sie ihre Partner erst kennen, ehe sie sich mit einem von ihnen einließ. Eine leichte Unsicherheit breitete sich in ihr aus. Bis jetzt war sie immer an die falschen Männer geraten. Keiner hatte an einer langfristigen Partnerschaft mit ihr Interesse gehabt. Kat vergrub ihr Gesicht in den Händen. Genau das war ihr Problem. Sie lernte einen Mann kennen und dachte gleich an Hochzeit, Kinder und ein gemeinsames

Leben. Dieses Mal war es leider nicht anders. Sie fühlte sich hier sogar schon nach nur einer Nacht wie zu Hause. Kat schüttelte den Kopf. Nein, sie würde nicht wieder in alte Muster verfallen. Cole hatte kein Interesse an einer Freundin. Das Schicksal hatte sie nur für ein paar Stunden zusammengebracht. Kat dachte an die leidenschaftlichen Momente und beschloss, es als das zu sehen, was es war: eine heiße Nacht ohne Verpflichtungen.

Cole war außerdem ein erfolgreicher Fotograf, an willigen Frauen würde es ihm gewiss nie mangeln. Sicher waren One-Night-Stands keine Seltenheit für ihn.

Ein lautes Poltern trieb sie zur Eile an, sie räumte die Bürste zurück in die Schublade und packte ihren Rucksack. Ein letztes Mal sah sie sich um und verließ das Badezimmer. Sie hörte Coles Stimme und rannte die Treppe hinunter. Der Mitarbeiter vom Abschleppunternehmen verabschiedete sich und Cole begleitete den jungen Mann zur Haustür.

Er schloss sachte die schwere Eichentür und schlenderte mit einem schiefen Grinsen zu ihr.

„Hier, für dich", sagte er und reichte ihr die Autoschlüssel.

„Danke, wo schicken sie die Rechnung hin? Oder soll ich zum Bezahlen direkt in die Zentrale kommen?", fragte sie ihn atemlos.

Er winkte lässig ab. „Vergiss es. Ich habe mich darum gekümmert."

Kat wollte nicht, dass er sich zu irgendetwas verpflichtet fühlte, und lehnte ab. „Das kann ich nicht annehmen. Sag mir, wie viel es gekostet hat, und ich bezahle dir den Betrag", forderte sie ihn auf.

„Nein." Er verschränkte die Arme und sah sie eindringlich an. „Sag ‚danke, Cole'."

Sie streckte ihm die Zunge heraus und blitzschnell zog er sie an seine Brust. „Vorsicht, sonst werfe ich dich wieder über die Schulter und verschleppe dich."

„Wenn das so ist, werde ich dir öfter die Zunge zeigen."

Cole lachte leise und drückte ihr einen sachten Kuss auf die Schläfe, ehe er sie ein Stück nach hinten schob und prüfend betrachtete. „Willst du ernsthaft zu dem alten Spinner und dich um diese langweilige Stelle bewerben? Wir könnten viel Spaß zusammen haben."

Sie schüttelte den Kopf. „Nein, ich brauche den Job als Assistentin und du brauchst ein passendes Modell für deine Fotoreihe, aber ich bin dafür nicht zu haben."

„Denk an all die verrückten Dinge, die wir in nur einer Nacht erlebt haben. Stell dir vor, was passieren würde, wenn wir mehr Zeit zusammen verbringen", neckte er sie mit lockerer Stimme und presste seine Lippen auf die ihren. Seine Zunge glitt fordernd in ihren Mund und sie verlor sich in dem Kuss. Sie liebte seinen Geschmack und erwiderte gierig seine Annäherung. Heiße Begierde durchströmte ihren Körper und sammelte sich zwischen ihren Beinen.

Kat rieb ihr Becken an seinen Lenden, um das wilde Begehren zu lindern. Cole legte besitzergreifend einen Arm um ihre Taille und sein warmer Atem streifte ihr Ohr.

„Du wolltest gehen", raunte er mit verführerischer Stimme. „Es sei denn, du nimmst mein Angebot an und bleibst bei mir. Dann beenden wir, was wir soeben begonnen haben."

Frustriert stöhnte Kat und löste sich aus seiner Umarmung. Es war so verlockend, hierzubleiben und sich auf ihn einzulassen. Aber sie wusste mit Sicherheit, dass sie, wenn sie länger bei Cole bleiben würde, ihr Herz an den attraktiven Künstler verlieren würde. Allein in der einen Nacht war er ihr mehr unter die Haut gegangen als jeder andere Mann. Eine Trennung nach ein paar Wochen würde sie nicht überleben. Es war vernünftiger, gleich einen Schlussstrich zu ziehen. Schweren Herzens spürte sie, dass es an der Zeit war, sich zu verabschieden. Obwohl sie gern weiterhin in seinen Armen gelegen hätte, trat sie einen Schritt zurück und strich sich eine Strähne hinter das Ohr. „Wir kennen uns kaum. Ich denke nicht, dass das eine gute Idee wäre." Sie räusperte sich. „Herzlichen Dank für deine Gastfreundschaft. Ich sollte jetzt gehen."

Stumm schaute er sie an, der Schalk wich aus seinen Augen und er straffte die Schultern. „In Ordnung."

Sie eilte nach oben, holte ihren Rucksack und schlüpfte in ihre Schuhe. Zum Glück hatte sie elegante Pumps für das Vorstellungsgespräch in die Tasche eingepackt. Da sie lieber mit Sneakers fuhr, hatte sie diese gestern getragen, das letzte Stück Fahrt würde sie mit den schicken Schuhen schaffen. Kat stiegt die Treppen hinab, nahm ihre Jacke vom Garderobenhaken und zog sie an. Sie lief durch das weitläufige Foyer, bückte sich und packte die völlig mit Schlamm verdreckten und feuchten Schuhe. Seufzend sah sie ihre ehemaligen Lieblingsschuhe an und hoffte, dass sie noch zu retten waren.

Cole wartete im vorderen Eingangsbereich und öffnete die schwere Haustür. Obwohl die Luft kühl war, strahlte die Sonne am Himmel und kündete einen wunderbaren ersten November an.

Cole begleitete sie schweigend zu ihrem Wagen, der zum Glück nur ein paar Kratzer und Dellen abbekommen hatte. Wie ein Gentleman hielt er ihr die Fahrertür auf. Sie rutschte auf den Sitz und warf den Rucksack auf den Beifahrersitz und die verdreckten Schuhe in den Fußbereich.

Er lehnte sich vor. „Es hat mich gefreut. Wenn du wieder mal in der Gegend bist, komm gern vorbei."

Ihr Herz pochte, als er sich aufrichtete und sanft die Wagentür schloss. Die Verabschiedung wirkte zwar freundlich, aber ebenso kühl und distanziert, als ob sie Fremde wären. Obwohl sie beschlossen hatte zu gehen, fühlte sie sich traurig und enttäuscht.

Verflixt, was hatte sie erwartet? Dass er sie nicht fahren ließ, sie wieder über die Schulter warf und ins Haus schleppte?

Mit zitternden Fingern startete sie den Motor und langsam rollte das Auto los. Im Rückspiegel sah sie ihn am Straßenrand stehen und blinzelte die Tränen weg, die ihr in die Augen traten.

Kapitel 18

Lange sah Cole den Rücklichtern ihres Wagens nach. Der Wind frischte auf und blies eisige Luft in seine Richtung. Er hatte sich nicht die Mühe gemacht, eine Jacke anzuziehen, und rieb sich geistesabwesend über seine nackten Unterarme.

Leise fluchend lief er zur Villa zurück, die ihm jetzt seltsam leer und verlassen vorkam. Das Gebäude wirkte kalt und alles andere als einladend. Wie ein lebloser, in die Jahre gekommener Kasten.

Wie war es möglich, dass eine einzige Nacht sein ganzes Weltbild auf den Kopf stellte?

Er presste die Lippen hart aufeinander. Er hatte ihr mehrmals angeboten zu bleiben, aber sie hatte abgelehnt.

Seine gute Erziehung erlaubte es ihm nicht, sie zu packen, wieder ins Haus zu tragen und nie mehr gehen zu lassen.

Verdammt, er kannte nur ihren Namen. Sonst wusste er so gut wie nichts von seinem unbekannten Übernachtungsgast.

Cole rieb sich die Stirn, hinter der sich ein stechender Kopfschmerz zusammenbraute.

Selbst wenn er mehr über sie gewusst hätte, was sollten ihm die Informationen bringen?

Sie war gefahren und er würde sicher nicht wie ein Trottel einer Frau nachlaufen, die scheinbar nur an einer leidenschaftlichen Nacht interessiert gewesen war.

Er betrat die Küche und sah das schmutzige Geschirr beim Abwaschbecken liegen, denn sie hatten sich nicht die Zeit genommen, um aufzuräumen. Cole zuckte mit den Schultern. Es war ihm egal, wie es hier aussah. Er würde sich später darum kümmern. Mechanisch trat er zur Anrichte und öffnete einen Schrank, um sich ein Glas zu nehmen und es mit Leitungswasser zu füllen.

Gierig trank er es in einem Zug aus und stellte es achtlos zu dem andern benutzten Geschirr.

Das lodernde Feuer, das er seit Tagen bei den Gedanken an sein neues Projekt verspürt hatte, war merklich abgekühlt. Da es ohne

Modell ohnehin keinen Sinn hatte, weiter daran zu arbeiten, und Kat und er bei ihren heißen Liebesspielen das Tatort Setting zerstört hatten, gab es derzeit keine Motive, die er fotografieren könnte.

Stöhnend schloss er die Augen, denn das bedeutete nur eines: ein Tag im Büro.

Antriebslos schlurfte er in sein Arbeitszimmer und setzte sich an den Computer, um sich um seine Termine, Mails und andere organisatorische Tätigkeiten zu kümmern.

Grimmig überlegte er, dass er ebenfalls eine Assistentin für all diese lästigen Aufgaben einstellen sollte. Denn er hasste diese Pflichten wie die Pest. Augenblicklich erschien das Bild einer hübschen Blondine vor seinem inneren Auge, die in einem knappen Schulmädchenkostüm seine Belege sortierte und ihn mit schnurrender Stimme fragte, wie sie ihm helfen konnte.

Hastig sprang er wieder auf.

Verdammt, er brauchte sofort eine kalte Dusche.

Kapitel 19

Obwohl nur eine Nacht vergangen war und Kat im selben Wagen saß, fühlte sich alles anders an.

Das kleine grüne Auto rollte die schmale Straße entlang und wenige Minuten später erreichte sie ihr Ziel. Sie durchquerte das große schmiedeeiserne Tor, fuhr die Auffahrt hinauf und parkte direkt vor dem Haupteingang. Das Anwesen von Ben Meyer war noch eindrucksvoller als Coles Villa. Ein prachtvolles, weitläufiges Gebäude mit vielen Fenstern und edlen Holzverzierungen.

Einen Augenblick verharrte sie regungslos am Fahrersitz und atmete tief durch. Sie würde es schaffen, diesen Job zu bekommen. Mr. Meyer hatte ihr beim Telefonat versichert, dass es kein Problem sei, dass sie erst heute vorbeikam.

Kat wühlte in ihrer Tasche und überprüfte, ob sie das Smartphone auf lautlos gestellt hatte, denn nichts war peinlicher, als mitten in einem wichtigen Gespräch durch das Piepsen einer App oder einen ankommenden Anruf gestört zu werden. Da fiel ihr auf, dass keine verpassten Telefonanrufe angezeigt wurden. Hatte keine ihrer drei Freundinnen sie vermisst? Sie hätte zur Halloweenparty nachkommen sollen, hatte sich niemand Sorgen um ihren Verbleib gemacht?

Wäre es andersherum gewesen, dann hätte sie Himmel und Hölle in Bewegung gesetzt und womöglich sogar die Polizei informiert.

Nachdem sie ihre Eltern mit knapp neunzehn Jahren bei einem tragischen Verkehrsunfall verloren hatte, waren ihre Freundinnen ihr einziger Anker und Halt gewesen. Durch diesen unerwarteten Schicksalsschlag war sie gezwungen gewesen, rasch auf eigenen Beinen zu stehen und erwachsen zu werden. Jetzt vermisste sie die vernünftigen Ratschläge ihres Vaters und die innigen Umarmungen ihrer Mutter. Kat sehnte sich nach ihrer Familie. Unvermittelt fiel es ihr wie Schuppen von den Augen. Das war der Grund, warum sie sich sofort an ihren Partner klammerte. Es war, weil sie sich tief in der Seele nach einem liebevollen Zuhause mit geliebten Menschen sehnte.

Kat schluckte und blinzelte die Tränen hinfort, die in ihren Augen aufstiegen. Ihr Herz wurde schwer, als ihr klar wurde, was sie leider länger vermutete. Ihre Freundinnen, mit denen sie einst durch dick und dünn gegangen war und stets an ihrer Seite gewesen waren, veränderten sich. Früher hatten sie dieselben Ziele und Wünsche gehabt. Wilde Partys feiern, ausschweifende Shoppingtouren, heiße Männer kennenlernen und Spaß haben. Aber in letzter Zeit entwickelten sie sich alle in unterschiedliche Richtungen. Die meisten waren schon jahrelang in Beziehungen. Berufliche Verpflichtungen, Kinder und andere Lebensziele ließen sie auseinanderdriften.

Nachdem sie ihren Job verloren hatte und kaum die Miete bezahlen konnte, hatte sie Simone, Nicole und Marion gefragt, ob sie vorübergehend zu einer von ihnen ziehen konnte. Keine hatte direkt abgelehnt, aber jede hatte sofort ein Dutzend Gründe genannt, warum es jetzt eigentlich nicht gut passte.

Kat straffte die Schultern, sie würde sich nicht hinunterziehen lassen und umso härter um diese Arbeitsstelle kämpfen.

Voller Tatendrang löste sie den Gurt, steckte ihr Handy in die Tasche und stieg aus dem Wagen. Sie schlenderte zur Tür und dieses Mal klopfte sie am richtigen Haus.

Ein hagerer Mann mit schütteren graumelierten Haaren und einer altmodischen dunklen Brille öffnete.

Anders als Coles Villa war dieses Gebäude modern mit Glas, Metall und hellen dezenten Farben eingerichtet. Das Licht der zahlreichen Fenster durchflutete den großzügigen Vorraum und Kat sah sich beeindruckt um.

Mr. Meyer führte sie in ein geräumiges Arbeitszimmer, das mit zwei Schreibtischen ausgestattet war, und bot ihr einen Kaffee an, den sie dankend annahm. Der ältere Herr schritt zu einer vollautomatischen Kaffeemaschine und mit einem Knopfdruck füllte er eine Tasse mit wohlduftendem Kaffee. Sie nahmen auf der bequemen beigen Sitzecke Platz und Kat trank vorsichtig einen Schluck und hoffte, dass ihre Hände nicht vor Nervosität zitterten und sie die braune Flüssigkeit auf die teuren Möbel verschüttete.

Ben Meyer war ein netter älterer Herr, der ihr verständnisvoll zuhörte, als sie eine gekürzte Version der letzten Nacht erzählte.

Sie absolvierte das Bewerbungsgespräch mit Bravour und der Mann bot ihr den Job als seine persönliche Assistentin an.

Vor Jahren hatte Mr. Meyer als Trader ein kleines Vermögen durch den Handel mit Aktien, Anleihen und Währungen an der Börse verdient. Er erzählte ihr, dass er durch seine schnelle Reaktionsgabe günstig zu einem niedrigeren Kaufkurs eingekauft und satte Gewinne erzielt hatte, da er rasch wieder zu einem höheren Preis verkauft hatte. Doch nach der hektischen Zeit mit wenig Schlaf, ständigem Stress und der permanenten Erreichbarkeit genoss er seinen geruhsamen Lebensabend in dem großen Haus abseits der pulsierenden Stadt.

Mr. Meyer erklärte, dass er mehr Geld verdient hatte, als er jemals ausgeben konnte, und da er nie geheiratet hatte, gab es keine Erben. Sein Ziel war es, geeignete Organisationen zu finden oder selbst Projekte zu starten, um anderen Menschen, Tieren und der Umwelt zu helfen.

Kat war vom ersten Moment begeistert. Die Vorstellung, Wohltätigkeitsarbeit zu koordinieren, Events zu planen und Mr. Meyer bei all seinen Belangen zu unterstützen, reizte sie, sodass sie den Job ohne zu zögern annahm.

Jetzt verstand sie, warum er von abweichenden Arbeitszeiten gesprochen hatte, denn viele dieser Events fanden am Abend oder an den Wochenenden statt.

Sie vereinbarten, dass sie nächsten Montag beginnen würde. Sie verabschiedete sich und versprach, an ihrem ersten Arbeitstag pünktlich um acht Uhr morgens wieder hier zu sein.

Beschwingt und voller Energie verließ sie das Gebäude, doch mit jedem Schritt rief ihr eine innere Stimme zu, dass sie bei Cole hätte bleiben sollen. Die anfängliche Freude ebbte ab, als sie daran dachte, dass sie ab jetzt bei jeder Fahrt zu ihrem Arbeitsplatz bei Coles alter Villa vorbeifahren würde. Ihr Herz zog sich schmerzhaft zusammen. Anstatt wie geplant freudestrahlend herum zu springen, stapfte sie wie ferngesteuert zum Wagen und stieg in ihr Auto.

Wie war es möglich, dass ihr Leben derart aus den Fugen geraten war?

Vor ein paar Stunden wäre sie freudig durch die Gegend getanzt.

Sie hatte ihren Traumjob ergattert. Das war es, was sie so dringend gewollt und gebraucht hatte. Ihre finanziellen Sorgen würden sich in den nächsten Monaten verringern und hoffentlich bald vollständig verschwinden.

Trotzdem saß sie jetzt enttäuscht und allein im Wagen und hatte das Gefühl den größten Fehler ihres Lebens begangen zu haben, als sie Coles Villa verlassen hatte.

Ihr neuer Arbeitsplatz war in einem Traumhaus mit jedem erdenklichen Luxus. Doch statt des teuren Kaffees aus dem hochmodernen Automaten sehnte sie sich nach dem wohlschmeckenden Getränk, dass Cole mit seiner gewöhnlichen Mokkakanne gebraut hatte. Es war verrückt, denn sie hatte sich nie sonderlich für in die Jahre gekommene Gebäude erwärmen können und schätzte neue zeitlose Designs. Aber obwohl sie Ben Meyers Haus als Traumhaus bezeichnete, fühlte sie sich längst nicht so geborgen wie in Coles altem Kasten mit den knarrenden Dielen und den düsteren Gängen.

Kat schüttelte den Kopf und schimpfte sich eine Idiotin.

Es wäre verrückt gewesen, bei Cole zu bleiben. Was hätte sie dort tun sollen? Für ihn als Leiche posieren? Sich ein paar Wochen mit dem attraktiven Künstler vergnügen und dann? Ihre Rechnungen zahlten sich nicht von selbst und sie war bei der Miete im Rückstand.

Sicher, der Sex mit Cole war atemberaubend und berauschend gewesen. Nie hatte es ein anderer Mann geschafft, sie mit solchem Geschick zum Höhepunkt zu bringen. Sie dachte an das feurige Prickeln zwischen ihnen und welchen Spaß sie mit ihrem Schulmädchenkostüm hätten.

Doch dann rief sie sich in Erinnerung, dass sie eine außergewöhnliche und wundervolle Nacht zusammen verbracht hatten. Das musste reichen. Andere hatten ständig One-Night-Stands und blickten nicht traurig zurück, sondern freuten sich auf die Zukunft.

Energisch startete sie den Motor.

Kapitel 20

Einige Wochen später ...

„Das Kinn nach oben, die Hand ein Stück nach links und verdammt, wie oft muss ich es noch wiederholen, dass du die Beine locker liegen lassen und nicht so unnatürlich verkrampft von dir strecken sollst?", bellte Cole gereizt und umklammerte die Kamera so fest, dass seine Knöchel weiß hervortraten. Um nicht den teuren Fotoapparat in einem Wutanfall zu schrotten, legte er das Gerät auf den Arbeitstisch und fluchte ungehalten.

„Zwanzig Minuten Pause", brummte er, als er sich wieder beruhigt hatte.

Sarah erhob sich, schüttelte die verspannten Glieder und lockerte ihre Muskeln durch Dehnungsübungen auf. Dann strafte sie ihn mit einem bitterbösen Blick, rauschte genervt an ihm vorbei und warf die Tür des Gästezimmers mit einem Krachen ins Schloss.

Das Shooting mit Sarah entwickelte sich zu einem Desaster.

Nachdem Kat weggefahren war, hatte er das erfahrene Fotomodell angerufen und sie hatte berichtet, dass ihr Auto einen Motorschaden erlitten hatte und sie in ein paar Tagen mit einem Leihwagen anreisen würde.

Verdrossen rieb er über sein Kinn und stellte zornig fest, dass er sich dringend mal wieder rasieren musste, aber dazu fehlte ihm die Zeit.

Seine nächste Ausstellung, für die sein Agent einen lukrativen Deal mit einer exklusiven Galerie geschlossen hatte, rückte unaufhörlich näher.

Täglich rief einer der drei Assistenten der Kunsthandlung an, um sich nach dem Fortschritt zu erkundigen. Cole nahm die Anrufe nicht mehr entgegen. Was sollte er ihnen sagen?

Dass das lange durchdachte Konzept nicht funktionierte?

Dass er mit keinem einzigen Foto zufrieden war?

Dass es keinen abholbereiten Druck gab?

Er hatte bislang keine Datei an die Druckerei geschickt. Somit existierte kein fertiges

Bild, das die gestressten Assistenten durch eine Spedition abholen lassen könnten.

Ihm war klar, dass die Galerie ebenfalls unter Zeitdruck stand. Die Räumlichkeiten mussten vorbereitet werden. Das Licht und Ambiente perfekt auf seine Werke abgestimmt werden. Ein Katalog mit der Auswahl der Fotografien und die Preisliste sollte bald fertiggestellt werden.

Doch ohne Bilder würde das unmöglich sein.

Sein Agent und Freund Phil Morrison würde nicht nur durchdrehen, sondern herfahren und ihm eigenhändig den Hals umdrehen, wenn er wüsste, wie katastrophal die Lage war.

Deshalb nahm Cole seit Tagen keine Anrufe von Phil mehr an und beantwortete weder Mails noch Nachrichten am Smartphone.

Er schnappte seine Tasse mit dem mittlerweile kalten Kaffee und schluckte das grauenhafte Gebräu hinunter, denn er musste sich mit reichlich Koffein wachhalten. Seit Wochen schlief er miserabel. Seine Augen lagen tief in den Höhlen, seine Haut war bleich und die Hose saß zu locker an seiner Hüfte. Wenigstens nahm er sich die Zeit, um täglich zu duschen und sich regelmäßig die Haare zu waschen, wohingegen der Schlaf und die Mahlzeiten viel zu kurz kamen.

Sarah war ein talentiertes Fotomodell, das musste er zugeben, doch die Fotos wurden nicht stimmig. Für Außenstehende war es schwer zu verstehen. Cole hatte stets ein genaues Bild vor Augen und meist gelang es ihm, dieses mit den Fotografien zu übertreffen. Er arbeitete unerbittlich hart, um die perfekten Effekte und Szenarien zu erstellen.

Doch die bittere Wahrheit war, dass der Grund für das Scheitern und Misslingen der Fotos an ihm selbst lag. Seine Gabe, sich die Szenen im Kopf vorzustellen, war verschwunden.

Nein, nicht verschwunden, sie war ihm gestohlen worden.

Von einer blonden, zierlichen Frau mit funkelnder azurfarbiger Iris.

Seit er Kat kennengelernt hatte, sah er stets ihr Gesicht vor seinem inneren Auge.

Egal, an was er dachte.

Eine Leiche im Wald?

Sie sah aus wie Kat.

Eine Frau, die vor Angst die Augen aufriss?

Sie sah aus wie Kat.

Eine Frau, die sich wütend gegen ein Unrecht wehrte?

Sie sah aus wie Kat.

Egal, wie konzentriert Sarah seinen Auffor-
derungen und Befehlen folgte und obwohl sie
sich offenkundig bemühte, sie schaffte eines
nicht: Sie war nicht Kat.

Das machte alles keinen Sinn. Er kannte
Kat nur wenige Stunden. Wie war es möglich,
dass sie dermaßen seine Gedanken beherrschte?

Kapitel 21

„Du musst das nicht machen. Lass uns heute Abend mit Marion und Nicole in unsere Lieblingsbar gehen. Wir bestellen Cocktails und überlegen uns eine andere Lösung", schlug Simone vor und fuhr sich durch ihre kurzen braunen Locken.

Kat zuckte teilnahmslos mit den Achseln und packte die nächste Umzugskiste.

„Kat, es tut mir leid, dass wir dich in der letzten Zeit nicht mehr unterstützt haben. Aber ich habe eine schwere Trennung hinter mir. Marions Zwillinge sind ständig erkältet. Und du kennst Nicole, sie macht diese neue Diät, da ist sie ständig mies gelaunt, bis sie erkennt, dass es nur ein weiterer sinnloser Trend ist, dem sie nachläuft", zählte ihre

Freundin auf und blickte sie mit ihren moos-
grünen Augen entschuldigend an.

Kat blies eine lose Haarsträhne aus ihrem
Gesicht und seufzte. Nachdem sie den neuen
Job bei Ben Meyer ergattert hatte, war sie
nach Hause gefahren und hatte ihre Freundinnen zur Rede gestellt. Es hatte sich her-
ausgestellt, dass keine der drei es zur Party
geschafft hatte. Jede war spontan verhindert
gewesen. Streit mit dem Freund, der jetzt Si-
mones Exfreund war. Marion hatte keinen Ba-
bysitter gehabt, da das Nachbarsmädchen wegen eines Magen-Darm-Infekts ausgefallen
war, und Nicole war im Büro aufgehalten worden und hatte dann mit heftigen Kopfschmer-
zen zu kämpfen gehabt. Sie hatten versucht,
Kat anzurufen, waren aber wegen des Emp-
fangslochs gar nicht zu ihr durchgekommen
und gleich in der Mobilbox gelandet.

Alle hatten sich gefreut, dass sie den Job bekommen hatte, und keiner von ihnen war auf-
gefallen, dass sie erst am nächsten Tag zu-
rückgekommen war.

Bis heute hatte sie nichts von Cole erzählt.
Deshalb wussten ihre Freundinnen nicht, was
in Wahrheit seit Wochen mit ihr los war.

Kat liebte ihren neuen Job und genoss es
aus vollem Herzen Gutes zu tun, und blühte
beruflich regelrecht auf. Wenn sie das

Anwesen von Mr. Meyer betrat, freute sie sich auf jeden Arbeitstag, der vor ihr lag. Ihr graute nur vor der Hin- und Rückfahrt, bei der sie an einer bestimmten Villa vorbeifuhr.

Da die Miete nach wie vor einen großen Anteil ihres Einkommens auffraß und sie sich trotz des großzügigen Gehalts finanziell noch nicht vollständig erholt hatte, hatte Mr. Meyer vorgeschlagen, dass sie zu ihm ziehen sollte. Das Anwesen bot genügend Platz und er versprach ihr Privatsphäre in einem abgetrennten Bereich. Sie könnte Geld, Treibstoff und Zeit sparen. Vor allem musste sie nicht täglich die gewundene Bergstraße befahren. Bis jetzt hatte es nicht geschneit, aber es war nur eine Frage von Tagen, bis die ersten Flocken fielen. Anstatt sich mit ihrem kleinen Seat über die eisige Fahrbahn zu wagen, säße sie entspannt mit einem Buch vor dem Kamin.

Doch konnte sie die Nachbarin von Cole Winter werden?

Obwohl sie nur eine gemeinsame Nacht verbracht hatten, jagte der bloße Gedanke an den attraktiven Künstler heiße Schauer über ihren Körper.

Sie wollte ihn wiedersehen, aber sie traute sich nicht, anzuhalten und an seine Tür zu klopfen.

Zu groß war die Angst, dass sie sich blamierte und zur Närrin machte. Er war ein erfolgreicher Künstler, der sicher längst die nächste Frau in den Armen hielt.

„Ich werde mein Gästezimmer aufräumen und du kannst zu mir ziehen", bot Simone unvermittelt an und riss sie aus den Gedanken.

Ihre Freundin trat zu ihr und umfasste ihre Hände. „Du musst nicht zu deinem Boss ziehen, nur um Geld zu sparen. Jetzt, wo ich von Brad getrennt bin, könnten wir zwei viel Zeit zusammen verbringen und gemeinsam die Singlemänner aufmischen."

Kat schenkte ihr ein zaghaftes Lächeln. Marion, Nicole und Simone dachten, sie sei angespannt und traurig, weil ihre finanzielle Situation alles andere als rosig war.

Doch die Wahrheit war, dass es Kat nicht mehr störte, dass sie nur knapp über die Runden kam. Geld, eine schicke Wohnung und einen Berg Kleidung waren ihr nicht länger wichtig. Sie sehnte sich nach einer Partnerschaft. Die Nacht mit Cole hatte ihr gezeigt, wie sehr es ihr gefehlt hatte, heißen Sex mit einem Mann zu haben, der sie mit der kleinsten Berührung zum Schreien brachte. Aneinander gekuschelt einzuschlafen, am nächsten Tag gemeinsam zu frühstücken und das Leben mit einem Menschen zu teilen. Selbst wenn es nur um alltägliche Tätigkeiten wie das Wäschewaschen ging. Wehmütig dachte sie an die schönen Stunden zu zweit.

Ehrlicherweise musste sie sich eingestehen, dass sie sich nicht nach irgendeinem Mann sehnte, sondern nach einem verrückten Künstler, der seinen Lebensunterhalt mit bizarren Fotos verdiente und zurückgezogen in einem alten Kasten hauste.

Früher hatte sie das Leben in der pulsierenden Stadt genossen, die vielen Bars und Clubs. Neue Speisen in hippen Lokalen testen. Die neuste Mode in kleinen Boutiquen shoppen. Doch dieser Lebensstil war nicht nur teuer gewesen, sondern auch anstrengend.

Jetzt lockte sie die Vorstellung, mit Cole durch den angrenzenden Wald zu schlendern, weit mehr, als sich durch überfüllte Fußgängerzonen und moderne Einkaufspaläste zu quälen. Sie wollte mit ihm in seiner Küche stehen und gemeinsam ein leckeres Abendessen zubereiten, anstatt ewig vor einem angesagten Lokal anzustehen und in einem stickigen Speisesaal hastig das Essen zu schlucken. Nur um rechtzeitig den Tisch für das nächste Paar zu verlassen. Wozu brauchte sie Berge an Kleidung, wenn sie doch am liebsten nackt mit Cole vor dem Kamin auf dem Teppich lag?

„Hey!"

Erschrocken hob sie den Blick, als Simone mit der Hand vor ihrem Gesicht herumwedelte. „Denkst du über meinen Vorschlag nach?"

Sie schüttelte den Kopf. „Nein, danke. Ich weiß, du meinst es gut, aber ich werde nicht zu dir ziehen. Durch den Umzug kann ich viel Zeit sparen und muss mich im Winter nicht über die eisige Bergstraße quälen."

Simone sah sie traurig an. „Aber wir werden dich hoffentlich hin und wieder zu Gesicht bekommen? Oder wirst du zur Einsiedlerin? Denk an all die heißen Männer, die in der Stadt auf dich warten, während du allein im Hinterland feststeckst."

Kat lächelte geheimnisvoll. Wenn Simone wüsste, dass sich ein attraktiver Prachtkerl in ihrer unmittelbaren Nähe befand, würde sie ihr raten, Cole gleich aufzusuchen. „Mach dir keine Sorgen, wir werden uns auch weiterhin treffen."

„Bist du sicher?"

„Ja." Mit festem Griff schloss sie die letzte Umzugskiste und sank erschöpft zu Boden. Endlich fertig.

Kat atmete tief durch.

Sie würde zu Mr. Meyer ziehen, sich einleben und sehen, was die Zukunft für sie bringen würde. Vielleicht würde sie eines Tages den Mut finden, zu Cole zu fahren und ihn zu besuchen.

Kapitel 22

Ein lautes Pochen an der Haustür riss Cole aus seiner unliebsamen Arbeit. Seit Stunden starrte er auf den Bildschirm und versuchte, die Bilder zu bearbeiten, aber keines erfüllte seine Anforderungen.

Gestern Abend hatte er Sarah spontan einen Tag freigegeben und sie war sofort mit ihrer kleinen Tasche an ihm vorbeigerauscht und weggefahren. Es würde ihn nicht wundern, wenn er sie nie wieder sehen würde.

Erneut erklang das laute Klopfen und Cole ignorierte es.

Es war ihm egal, wer sich vor der Tür befand, ihm stand nicht der Sinn nach Besuch.

Zu seinem Unmut blieb der ungebetene Gast hartnäckig und gereizt sprang er auf.

Der Störenfried konnte etwas erleben!

Cole stampfte zur Eingangstür und stieß sie erbost auf. „Was?"

Vor ihm stand sein Freund und Agent Phil, der wie immer einen schwarzen Maßanzug mit weinroter Krawatte trug. In der linken Hand hielt er seine Aktentasche aus dunklem Leder, die er eisern umklammerte und ihn mit bedrohlich zusammengekniffenen Augen anstarrte.

„Ach, du lebst noch? Ich dachte, du bist tot! Ich versuche seit Wochen, dich zu erreichen, und du besitzt die Frechheit, niemals zurückzurufen oder in irgendeiner Form auf meine Anrufe, SMS, Mails oder Briefe zu reagieren."

Cole zuckte mit den Schultern, strich sich die Haare aus dem Gesicht und trat einen Schritt zur Seite, um Phil hereinzulassen.

„Wo sind sie?"

„Wer?", fragte Cole, obwohl er genau wusste, dass Phil die Bilder meinte.

„Ich bin nicht in der Stimmung für deine Allüren. Zeig mir auf der Stelle deine Arbeit", verlangte der hochgewachsene Mann und baute sich bedrohlich vor Cole auf.

„Allüren? Ernsthaft?", knurrte Cole und drehte sich um und marschierte direkt auf sein Arbeitszimmer zu.

Die energischen Schritte hinter ihm verrieten Cole, dass sein Freund ihm dicht auf den Fersen war.

Mit der Schulter schob er die angelehnte Tür auf und stampfte direkt zur kleinen Bar in der Ecke des Raums. „Willst du einen Whiskey?"

Hastig knöpfte Phil sich das Jackett auf und lockerte den Knoten der Seidenkrawatte. „Werde ich ihn brauchen?"

„Jep", antwortete Cole knapp und öffnete die Flasche, um die Whiskygläser zu füllen.

„So schlimm?"

Cole nickte knapp, reichte seinem Freund einen Tumbler und trank die karamellfarbige Flüssigkeit in einem Zug.

Phil nahm einen Schluck und schweigend standen sie sich gegenüber.

„Zeig sie mir", bat der Agent mit fester Stimme.

Seufzend trat Cole zum Computer und winkte ihn zu sich heran. Mit ein paar Klicks öffnete er die Dateien und scrollte durch die Bilder.

Wortlos betrachtete Phil die Aufnahmen und sagte keinen Ton. Angespannt klopfte Cole mit den Fingerspitzen auf dem Schreibtisch herum.

„Kannst du bitte damit aufhören?", verlangte Phil mit genervter Stimme und legte eine Hand auf Coles Finger.

Die warme Berührung seines Freunds beruhigte ihn und er gab mit leiser Stimme zu: „Die Bilder sind Müll."

Phil packte ihn an der Schulter und zwang Cole, sich ihm zuzuwenden. „Nichts, was du erschaffst, ist wertlos. Ich gebe zu, es sind nicht deine besten Werke, aber ..." Phil hob die Hände. „... die Fotografien sind definitiv für die Ausstellung geeignet."

„Hör mal Phil ..."

„Nein!", unterbrach der Agent ihn barsch. „Ich gebe dir noch zwei Wochen, dann komme ich vorbei und schicke die Dateien persönlich an die Druckerei."

Cole stand auf und schob den Schreibtischstuhl rüde beiseite. „Phil ..." Er ging in Richtung der Bar und schenkte sich einen weiteren Drink ein. Ihm würde eine langwierige Diskussion nicht erspart bleiben.

Doch statt des erwarteten Vortrags blickte sein Freund ihn mit gerunzelter Stirn und zusammengekniffenen Augen an. Phil krempelte sich die Hemdsärmel hoch und lehnte sich an den Schreibtisch.

„Was soll das werden? Willst du mir jetzt eine Tracht Prügel androhen, wenn ich mich nicht an deine Vorgaben halte?"

Phil hob eine Braue. „Nein, denn dann würdest du sicher zurückschlagen und meinen teuren Anzug ruinieren." Er stieß sich vom Tisch ab und marschierte zum Fenster, dass sich erst nach dem zweiten Versuch knarrend öffnen ließ. „Die Luft ist stickig und es ist viel zu heiß in diesem Raum. Da wundert es mich nicht, dass du nicht vernünftig arbeiten kannst."

Cole verdrehte die Augen. „Wenn du sonst nichts Weiteres zu sagen hast, dann …"

„Du bist immer so gastfreundlich, kein Wunder, dass du kaum Gäste bei dir hast."

Der Satz weckte schmerzhafte Erinnerungen und hastig nahm Cole einen tiefen Schluck.

„Verschwinde, Phil. Wir sehen uns in zwei Wochen", brummte er.

„Nicht so schnell. Ich bin nicht nur wegen der Bilder gekommen, sondern um dich an Samstagabend zu erinnern."

„Ich habe dir schon gesagt, dass ich nicht hingehen werde."

Phil stieß ein leises Lachen aus. „Pech gehabt, das ist keine Bitte. Du wirst teilnehmen, mit den Sponsoren plaudern, mit den anwesenden Damen flirten und wir werden deine Ausstellung promoten."

„Ich muss arbeiten, ich habe keine Zeit ..."

„Doch, die wirst du dir nehmen, ansonsten werde ich die Dateien gleich heute mitnehmen, verstanden?"

„Wann ist aus meinem besten Freund so ein Arschloch geworden?", knurrte Cole und knallte das Glas wütend auf den kleinen Beistelltisch.

Mit einem Seufzen stieß sich Phil vom Fensterbrett ab und trat zu ihm. „Heute bin ich nicht dein Freund, sondern dein Agent, der nur das Beste für seinen Klienten will." Phil boxte ihm gegen die Schulter. „Du musst mal raus. Ein Tapetenwechsel wird dir guttun. Wer weiß, vielleicht triffst du dort auf eine neue Muse?"

Cole überlegte, was er antworten sollte. Erst dachte er über Phils Worte nach, dann hellte sich seine Miene etwas auf und er lenkte widerwillig ein. „Gut, ein Abend kann nicht schaden. Aber ich werde nur kurz bleiben."

Kapitel 23

Nachdem Simone nach Hause gefahren war, verlud Kat die restlichen Kartons in ihrem grünen Seat. Ein letztes Mal lief sie durch die Mietwohnung und kontrollierte, ob sie alles gepackt und nichts vergessen hatte. Sie hatte die Böden gereinigt und die Wände mit Hilfe ihrer Freundinnen letzte Woche weiß gestrichen.

Sie atmete tief durch. Kat war dankbar für die Momente, die sie hier verbracht hatte, aber jetzt war es an der Zeit, weiterzuziehen. Das Appartement, das Mr. Meyer ihr zur Verfügung stellte, bot mehr Platz und sie würde in Zukunft die herrliche Aussicht auf den Wald genießen können. Aber der größte Vorteil war, dass sie sich die täglichen zwei Stunden Hin- und Rückfahrt sparen würde. Endlich hätte sie wieder mehr Zeit für sich und könnte ihrem Körper etwas Gutes tun. Anstatt durch den vollen Stadtpark zu joggen, freute sie sich auf die einsamen Waldwege, die sie mit ihren Laufschuhen erkunden wollte.

Ein letztes Mal verschloss sie die Wohnungstür und warf den Schlüssel wie vereinbart in das Postfach des Hausmeisters.

Es war vollbracht.

Mit Elan fuhr sie die ihr mittlerweile so bekannte Strecke entlang. Jetzt beunruhigten sie die schmale Straße und die enge Brücke nicht mehr.

Ihr Lieblingssong erklang im Radio, sie drehte den Ton lauter und sang vergnügt aus voller Kehle mit.

Sie bog um die scharfe Kurve, die damals von einem Baumstamm versperrt gewesen war, und trat erneut hart auf die Bremse, als ein schnittiger Sportwagen ihr entgegenschoss.

Der andere Fahrer bremste ebenfalls und schlingernd kam das flotte Luxusauto zum Stehen. Am Steuer saß ein gutaussehender Mann mit kurzen lockigen brauen Haaren, dessen Augen hinter einer trendigen Sonnenbrille versteckt waren. Er trug einen schicken Anzug und hob entschuldigend die Hand, ehe er mit knirschenden Reifen davonraste.

Ihr Herzschlag beruhigte sich und sie kroch die letzten Meter wie eine Schnecke dahin, um nicht wieder im Straßengraben zu landen.

Deshalb hatte sie Zeit, um Coles Villa zu betrachten. Sie überlegte, wann der beste Zeitpunkt sei, um den erfolgreichen Fotografen zu besuchen. Die Angst, dass er sie abweisen oder gar auslachen würde, ließ sie zögern und sie verwarf die Idee, spontan bei ihm anzuklopfen, wieder.

Dabei kreisten ihre Gedanken unaufhörlich um den attraktiven Künstler. Obwohl bereits Dezember war und ihre Begegnung schon Wochen zurücklag, beherrschte er ihre Tagträume.

Als sie jetzt so langsam an dem Gebäude vorbeifuhr, fühlten sich die Erinnerungen an die gemeinsame Nacht so frisch an, als sei sie erst gestern bei ihm gewesen.

Kat erkannte, dass der Baum, in den der Blitz eingeschlagen hatte, unverändert dalag. Cole hatte offenbar keine Zeit gefunden, um das Holz wegzuräumen oder jemanden damit zu beauftragen.

Schulterzuckend fuhr sie weiter. Das alles ging sie nichts an.

Sie erreichte das eiserne Tor und lenkte den Wagen direkt zu ihrem Appartement, das sich im Westflügel der prunkvollen Villa befand.

Kat trug die letzten Kisten nach oben in ihr neues Reich, packte all ihre Habseligkeiten gleich aus und brachte alles an seinen Platz.

Erschöpft ließ sie sich auf das einladende Sofa fallen und schloss genießerisch die Augen. Endlich angekommen.

Obwohl es verlockend war, liegen zu bleiben und sich vom Fernseher berieseln zu lassen, so verspürte sie den Drang, nach draußen in den Wald zu gehen.

Sie erhob sich und schlüpfte in ihre Laufschuhe. Auf ihr Smartphone verzichtete sie, in der Stadt war sie immer mit Musik gelaufen, aber hier wollte sie sich von den Geräuschen der Natur beflügeln lassen.

Kat trank einen kräftigen Schluck Wasser, dann schlenderte sie nach unten. Gemächlich wärmte sie sich mit leichtem Trab auf und pausierte am Waldrand, um ihre Muskeln durch sanfte Dehnübungen vor dem Laufen aufzulockern.

Dann lief sie los. Rannte den ausgetretenen kleinen Pfad entlang, der sie direkt in den Wald führte. Nahm die frische und harzige Luft tief in sich auf. Sofort spürte sie, wie der Stress der letzten Wochen von ihr abfiel. Die Angst vor dem finanziellen Ruin, ihr Gefühlschaos nach der Nacht mit Cole, die Aufregung und die Herausforderungen ihres neuen Jobs und die Strapazen vom Umzug. Mit jedem Atemzug entwich mehr von der schweren Last.

Ihre Beine fanden einen angenehmen Rhythmus und sie joggte gemächlich dahin. Hörte das Zwitschern und Flattern von Vögeln. Genoss die herrliche Aussicht.

Irgendwann verlor sie das Gefühl für Zeit und Raum und war völlig auf das Laufen fokussiert, als ein lautes Krachen sie zusammenfahren ließ.

Erschrocken drosselte sie das Tempo und sah sich suchend nach der Lärmquelle um.

Kapitel 24

Nachdem Phil wieder abgefahren war, stand Cole unschlüssig in seinem Arbeitszimmer herum.

Zwei Wochen.

Ihm blieben nur vierzehn Tage, um die Bilder fertigzustellen.

Anstatt sich sofort an die Arbeit zu machen und die Fotos weiter zu bearbeiten und zusätzliche Settings und Einstellungen für Sarahs Rückkehr zu planen, lief er angespannt auf und ab.

Er brauchte einen klaren Kopf.

Cole wanderte zum Fenster, das Phil vorhin geöffnet hatte, und wollte es erneut schließen, als sein Blick auf den Waldrand fiel.

Dort lag die Tanne, die der Blitz getroffen und gespalten hatte. Bis jetzt hatte er sich nicht die Zeit genommen, um sie wegzuräumen. Dabei konnte er stets Holz für den Kamin brauchen. Dieses müsste zwar erst trocknen, aber dann würde es ihm gute Dienste leisten.

Von neuem Tatendrang gepackt, marschierte er aus dem Raum. Die Arbeit konnte noch ein paar Stunden warten. Jetzt brauchte er körperliche Betätigung. Nichts half besser gegen Stress, als die negative Energie durch Holz hacken herauszuschwitzen. Er besaß eine elektrische Motorsäge, aber er wollte den Baum mit der guten alten Axt zerkleinern.

Er schlüpfte in eine verwaschene, löchrige Jeans, ein kariertes Flanellhemd und zog seine Arbeitsstiefel an. Dann stapfte er zum Geräteschuppen, um die Axt zu holen.

Pfeifend trabte er zum gespaltenen Baum, der mitten in der Wiese lag und begann mit seinem Werk.

Mit einem Zischen sauste die Axt wieder und wieder auf das Holz nieder. Mit jedem Hieb fühlte er sich freier und stärker. Wenn er es schaffte, mit einem gewöhnlichen Werkzeug diesen großen Baum zu zerlegen, dann konnte er die Ausstellung ebenfalls bewältigen.

Die Sonne stand hoch am Himmel und für den Monat Dezember war es unnatürlich warm. Schweiß rann über seinen Körper und er zog sein Hemd aus.

Immer wieder schlug er auf das Holz ein und erfreute sich an den Ästen, die er nach und nach vom Hauptstamm löste.

Unvermittelt spürte er ein Prickeln im Nacken.

Cole setzte die Axt ab, rieb sich das Genick und griff nach seiner Wasserflasche, um zu trinken.

Als das seltsame Gefühl nicht nachließ, sah er sich argwöhnisch um. Wurde er beobachtet?

Er lachte leise auf und schimpfte sich sogleich einen Narren. Er befand sich auf seinem eigenen Grundstück, das abgelegen in der Wildnis lag. Außer Ben Meyer hatte er keine Nachbarn und der alte Kauz lebte zurückgezogen in dem schicken Palast, den sich der reiche Trader vor ein paar Jahren von einer namhaften Baufirma hatte errichten lassen.

Da es abkühlte, schlüpfte er wieder in sein Hemd und griff nach der Axt, um weiterzuarbeiten, als er Autoreifen auf dem Kies in der Einfahrt knirschen hörte.

Cole kniff die Augen zusammen, entspannte sich aber sogleich wieder, als er Sarah entdeckte, die auf ihn zu kam.

„Quälst du jetzt statt mir den armen Baum?", rief sie ihm zu.

„Ja, so bin ich eben", antwortete er und warf sich die Axt schwungvoll auf die Schulter. „Gut, dass du wieder hier bist. Phil war da. In zwei Wochen müssen die Bilder fertig sein. Dann hast du es überstanden."

Er sah kurz Erleichterung in ihrer Miene aufblitzen, danach setzte sie ein zaghaftes Lächeln auf. „Dann lass uns anfangen und keine Zeit mehr verlieren."

Wieder durchzuckte Cole ein seltsames Gefühl, aber er konnte es nicht zuordnen. Er zuckte mit den Achseln, schnappte die Wasserflasche und folgte Sarah ins Haus.

Kapitel 25

Wie gebannt starrte Kat auf das Schauspiel, das sich ihr bot. Cole stand mit nacktem Oberkörper am Waldrand und er hackte wie ein Verrückter auf den Baum ein. Kat stützte sich mit einer Hand an einem Stamm ab und verfolgte das faszinierende Spiel seiner Muskeln.

Unvermittelt hielt er inne und senkte die Axt zu Boden. Dann drehte er sich um.

Sie sollte zu ihm gehen und mit ihm sprechen, aber stattdessen sank sie in die Hocke und versteckte sich hinter einem Busch.

Sie verhielt sich nicht wie eine vernünftige erwachsene Frau, das war ihr klar, aber sie konnte im Augenblick nicht mit ihm reden. Wenn sie jetzt zu ihm ging, würde sie nicht die

Finger von ihm lassen können und sie würden erneut im Bett landen.

Nein, sie würde zurücklaufen und ihn später besuchen. Wenn sie beide anständige Kleidung trugen.

Leise erhob sie sich und wollte sich abwenden, als sie einen Wagen in Coles Auffahrt fahren sah. Eine junge wunderschöne Frau stieg aus dem Fahrzeug. Sie schlenderte aufreizend langsam auf Cole zu.

Kat konnte kein Wort verstehen, aber die Haltung der beiden verriet, dass sie sich kannten.

Schmerz durchflutete ihr Herz, als ihr klar wurde, dass er längst eine neue Muse gefunden hatte. Gleichzeitig verspürte sie Erleichterung, dass sie nicht zu ihm gelaufen war und sich zur Närrin gemacht hatte.

Sicher hatte er die gemeinsame Nacht längst vergessen.

Das sollte sie ebenfalls tun.

Leise erhob sie sich und lief mit zusammengebissenen Zähnen schnell los.

Kapitel 26

Drei Tage später ...

Nervös knetete Kat ihre Hände, die in eleganten langen schwarzen Handschuhen steckten.

Heute Abend begleitete sie Mr. Meyer zum ersten Mal zu einem Winterball, der von mehreren Firmen der Region jährlich veranstaltet wurde, um für ein Kinderkrankenhaus Spenden zu sammeln. Dieses Jahr war das Spendenziel die neue Ausstattung der Behandlungsräume, um die notwendigen Untersuchungen der kleinen Patienten so angenehm wie möglich gestalten zu können.

Das Ballthema waren die wilden zwanziger Jahre des letzten Jahrhunderts.

Mr. Meyer hatte ihr ein großzügiges Budget zur Verfügung gestellt, damit sich Kat ein

Charlestonkleid, passende Schuhe und Accessoires kaufen konnte.

Sie betraten den großen Festsaal, der im glamourösen Stil der damaligen Zeit dekoriert war. Neben der ausladenden Tanzfläche spielte eine Jazzband und der unverkennbare Rhythmus hallte durch den Raum.

Am Rand befand sich eine Bar, an der Martini, Champagner und Cocktails im Vintagestyle ausgeschenkt wurden.

Auf der anderen Seite des Saals entdeckte Kat kleine Tische, die mit dunklen Tischtüchern und goldenen Vasen mit schwarzen Federbüscheln dekoriert waren.

Sämtliche Gäste waren passend gekleidet. Die Herren trugen einfarbige Smokings und elegante Fracks, während die Damen Pailletten- oder Flapperkleider in Schwarz, Gold, Rot oder anderen glanzvollen Farben zur Schau stellten.

Kellner servierten auf dunklen Tellern mit goldfarbigen Mustern kleine Sandwichhäppchen.

Beeindruckt sah sich Kat um. Nie war sie auf einer ähnlichen Veranstaltung gewesen. Mr. Meyer stellte sie den Organisatoren und anderen Personen, mit denen Kat in Zukunft öfter zusammenarbeiten würde, vor. Bald schwirrte Kat der Kopf von den vielen Namen und Informationen, die ihr Chef ihr ständig zuflüsterte. Im Anschluss kümmerten sie sich um die Formalitäten der Spende. Danach tätschelte er ihr wohlwollend den Arm. „Danke, meine Liebe. Ich werde mich mit ein paar alten Freunden in den Zigarrenraum zurückziehen und Karten spielen. Du kannst dich amüsieren. Um Mitternacht bringt uns der Fahrer wieder nach Hause."

Kat nickte und genoss das Ambiente. Sie fühlte sich wie Cinderella auf ihrem ersten Ball. Leider kannte sie keinen der Gäste und wünschte, ihre Freundinnen wären an ihrer Seite. Sie entdeckte einen Champagnerbrunnen neben der Bar und schlenderte hin, um sich ein Glas zu holen.

Sie nippte an der üppigen Champagnerschale, als sie ein Prickeln im Nacken verspürte.

Kat blickte über ihre Schulter und erschauderte, als sie vertraute dunkle Augen entdeckte, die sie wie gebannt aus der Ferne anstarrten.

Langsam drehte sie sich um und sah den Mann direkt an.

Cole.

Er trug einen geschmackvollen dunklen Smoking mit einem weißen Hemd und einer schwarzen Fliege, der seinen breiten

Oberkörper vorteilhaft betonte. Die Haare waren elegant zu einem Pferdeschwanz gebunden, wodurch sein kantiges Gesicht hervorgehoben wurde.

Wie in Zeitlupe bewegte er sich auf sie zu.

Kapitel 27

Gemeinsam mit Phil fuhr Cole zu dem Wohltätigkeitsball, der in einem teuren Hotel in der Innenstadt stattfand.

Normalerweise mied er solche Veranstaltungen, aber Themenbälle übten sogar auf ihn einen gewissen Reiz aus. Der Gedanke an die vielen begehrenswerten jungen Damen, die sich auf diesem Ereignis tummeln würden, entlockte ihm ein Lächeln.

Womöglich fand er eine neue Muse oder sogar eine Frau für ein kurzes Abenteuer, um endlich die zierliche Blondine aus seinen Gedanken zu verbannen und zur Normalität zurückkehren zu können.

Sie betraten den festlich geschmückten Saal zu später Stunde und die Gäste feierten längst ausgelassen. Auf der Tanzfläche tummelten sich Männer und Frauen, die sich im Takt der Musik wiegten.

Er klopfte Phil auf die Schulter. „Ich hole mir etwas zu trinken. Wir sehen uns später."

„Klar, aber denk daran, du bist nicht nur zum Vergnügen hier", mahnte sein Agent streng.

„Jawohl, Sir!" Spielerisch salutierte Cole und Phil verdrehte die Augen. „Hau schon ab."

Beschwingt schlenderte er zur Bar und begrüßte im Gehen ein paar Bekannte.

Er erreichte den Tresen und bestellte sich einen Whisky. Cole lehnte sich an die Theke und betrachtete die Umgebung. Zahlreiche Gäste und das Personal durchquerten den Saal, aber niemanden schenkte er nähere Beachtung. Bis sein Blick auf den vornehmen Champagnerbrunnen fiel.

Er entdeckte eine Frau, die an einem Glas nippte.

Ihre langen blonden Haare waren in Vintagewellen gelegt und mit einem paillettenbesetzten goldenen Stirnband mit schwarzen Federn geschmückt. Ihr schlanker Körper steckte in einem atemberaubenden schwarzroten Fransenkleid. Dünne Träger ließen anmutige schmale Schultern vermuten, die unter einer dunklen Federboa versteckt waren.

Doch es waren die Lippen, die mit tiefrotem Lippenstift geschminkt waren, die ihn sofort wie magisch zu ihr zogen. Dieser Mund bettelte förmlich darum, geküsst zu werden.

Langsam hob sie den Kopf, als ihr Blick auf ihn traf, sah er kurz Verwunderung in ihren Augen aufflackern, dann schenkte sie ihm ein strahlendes Lächeln.

Gott, Kat war sein Untergang.

Alle Frauen rund um ihn herum verblassten neben ihrer natürlichen Schönheit. Das Verrückte war, dass sie sich ihrer Ausstrahlung nicht bewusst zu sein schien.

Wie von selbst trugen ihn seine Beine zu ihr.

„Hey", grüßte er sie mit rauer Stimme. Von Nahem sah sie noch unglaublicher aus. „Du siehst wunderschön aus."

Ihr Lächeln wurde breiter und sie legte eine Hand auf das Revers seines Jacketts. „Der Smoking steht dir sehr gut", gab sie das Kompliment zurück und ließ ihren Blick über ihn gleiten.

Hitze stieg in ihm auf und er fasste nach ihrem Arm. „Lass uns auf die Terrasse gehen."

Beim Gehen schwenkte sie ihre Hüften ein wenig, sodass ihre dunklen Fransen um sie herumwirbelten und in ihm den Wunsch weckten, sie rasch aus diesem Kleid zu schälen.

Er lehnte sich zu ihr und raunte: „In dem Outfit siehst du so verdammt sexy aus."

Ihre Wangen röteten sich und er beschleunigte den Schritt. Er musste mit ihr allein sein. Sofort.

Leider tummelten sich zahlreiche Gäste im Außenbereich und er dirigierte sie kurzerhand zur steinernen Treppe, die in den Hotelpark führte.

Einen Augenblick zögerte sie und blickte über die Schulter in den Ballsaal, dann passte sie sich seinen Schritten an.

„Cole, hast du etwas gestohlen oder warum laufen wir regelrecht von der Party weg?", fragte sie atemlos.

Erst da bemerkte er ihre hohen Schuhe. Ohne auf die Blicke der anderen Gäste zu achten, hob er sie auf seine Arme.

„Cole", zischte sie verärgert. „Lass mich sofort runter. Was werden die Leute sagen?"

Ohne zu antworten, trug er sie zu einer kleinen Bank, die sich in einer geschützten Nische befand und ihnen etwas Privatsphäre bot.

Sachte setzte er sie ab und sie rieb sich die Arme. Der Geruch von Schnee lag in der Luft und sie trug keinen Mantel.

Sofort schlüpfte er aus seiner Smokingjacke und legte sie ihr über die Schultern. Dabei strich er mit dem Daumen ihre Wange entlang und spürte ihre weiche Haut.

Kat hob den Kopf und wieder landete sein Blick auf dem verführerischen roten Mund. Am liebsten hätte er ihr den Lippenstift von den einladenden Lippen geleckt.

Ein Lächeln huschte über ihr Gesicht. „Dir gefällt mein neuer Lippenstift", stellte sie mit sinnlicher Stimme fest.

Er beugte sich vor. „Ja. Ich hoffe du hast ihn in deine Tasche gepackt, denn wenn ich mit dir fertig bin, wirst du dein Make-up wieder in Ordnung bringen müssen", raunte er ihr zu. Sein heißer Atem glitt an ihrem Hals entlang.

„Ich denke nicht, dass das eine gute Idee ist", antwortete sie und strich aufreizend mit ihrer Zunge über die volle Unterlippe.

So eine freche Wildkatze.

„Und dennoch spielst du mit dem Feuer", flüsterte er und seine Lippen streiften an ihrem Kiefer entlang. Sie schloss die Augen und lehnte sich wohlig seufzend an ihn.

„Ich sollte zurück in den Ballsaal gehen", wisperte sie. Dann hob sie den Blick. Die Sterne spiegelten sich in ihren zauberhaften Augen. „Aber ich kann nicht. Bitte küss mich, Cole."

Er packte sie und zog sie mit einem Ruck an seine Brust. Stöhnend presste er seine Lippen mit einer nie gekannten Eindringlichkeit auf die ihren. Sie schmeckte nach Champagner und er genoss das berauschende Gefühl, sie in seinen Armen zu halten. Die Erinnerungen an die leidenschaftliche Nacht ließ Hitze in ihm aufsteigen und ein leises Stöhnen drang aus seiner Kehle.

Mit fahrigen Bewegungen schob er ihr Kleid hoch und seine Finger fanden ihr Zentrum der Lust. Keuchend löste sie sich von ihm. „Ich will dich. Leider sind wir im Park, wir können nicht …"

„Doch." Mit einem harten Kuss unterbrach er ihre Einwände. „Aber du musst leise sein."

„Was ist, wenn uns jemand erwischt?"

Aufregung flutete seinen Körper und gierig wanderten seine Hände über ihren Hintern.

„Gleich findet die Tombola statt, alle werden im Festsaal sein", versprach er ihr und sie schmiegte sich an ihn und ihr Verhalten sagte ihm, dass sie einverstanden war.

Mit einer raschen Bewegung zog er ihr das hauchdünne Höschen herab, steckte es in seine Hosentasche und erstarrte.

„Fuck!" Unvermittelt ließ er sie los.

Cole fluchte ungehalten.

Erschrocken riss sie die Augen auf. „Ist jemand in der Nähe?", flüsterte sie angespannt und sah sich hektisch um. Sie griff nach ihrem Kleid und strich eilig den Stoff glatt.

„Nein, aber ich habe keine Kondome bei mir." Frustriert rieb er sich über den Nacken.

„Oh, dann nehmen wir meine", entgegnete sie grinsend und fischte ein Päckchen aus der kleinen Tasche, die über ihrer rechten Schulter hing.

„Du böses Mädchen. Warum hast du Kondome dabei?", knurrte er, ließ die Anzughose zu Boden gleiten und öffnete die Verpackung des Präservativs.

„Man kann nie wissen", flötete sie und keuchte auf, als er sie schwungvoll umdrehte, sodass sie sich mit den Händen auf der Bank abstützen musste.

Einen Moment genoss er den herrlichen Anblick, den sie bot, dann packte er sie an der Taille und positionierte sich hinter ihr.

„Denk dran, du musst leise sein", befahl er.

Verschmitzt blickte sie über die Schulter. „Bis jetzt hast du noch nichts gemacht, um mich zum Schreien zu bringen."

Spielerisch klatschte er ihr auf den Hintern, mit dem sie aufreizend wackelte. „Nur weiter so ...", drohte er scherzhaft und seine Hände wanderten unter ihr Kleid, um ihre festen Brüste zu umfassen und zu kneten.

„Bitte, Cole."

„Was willst du?"

„Dich."

Er beugte sich vor und biss sie zärtlich in die Schulter.

„Was willst du?", wiederholte er mit rauer Stimme.

„Nimm mich!"

Er verlor keine Zeit mehr und presste die Spitze seines Ständers an ihre Öffnung. Er strich mit den Händen über ihre Hüfte, dann packte er sie fest und glitt in ihre heiße Mitte. Mit einem stetigen, harten Rhythmus stieß er immer wieder in ihre verlockende Nässe.

Cole beugte sich vor und dämpfte sein langes, tiefes Knurren an ihrem Rücken, als ihre Körper in wilder Lust verschmolzen und beide den heiß ersehnten Höhepunkt erlangten.

Kapitel 28

Keuchend kehrte Kat wieder in die Realität zurück. Taumelnd richtete sie sich auf und zog ihr Kleid nach unten. Kräftige Hände umfingen sie und sie sank an seine warme Brust. Cole strich ihr eine Haarsträhne aus dem Gesicht und küsste sie zärtlich, während sich ihr Herzschlag langsam normalisierte. Er ließ sie vorsichtig los und half ihr dabei, ihre Kleidung in Ordnung zu bringen.

Nachdem die heiße Lust gestillt war, kühlte ihr Körper rasch ab. Die Luft war kalt und sie fröstelte. Was hatte sie sich nur dabei gedacht? War ihr der Champagner zu Kopf gestiegen? Hatte sie ihn nicht vor wenigen Tagen mit einer anderen Frau gesehen? Was hatte dieser Mann nur an sich, dass sie in seiner Gegenwart jeglichen Verstand über Bord warf und sich wie ein Teenager verhielt? Fahrig fuhr sie durch ihre Haare und hoffte, dass nicht jeder von Weitem erkannte, dass sie heißen Sex gehabt hatte.

Das laute Schlagen der Kirchturmuhr ließ sie erschrocken herumfahren.

Verflixt, es war Mitternacht.

Sie musste zurück zum Ball, Mr. Meyer würde sich sicher schon fragen, wo seine Begleitung steckte.

Hastig schlüpfte sie aus der Jacke und reichte sie Cole.

„Ich muss los."

„Nein, Kat, warte." Er wollte ihr die Smokingjacke wieder über die Schulter legen.

Sie schüttelte den Kopf. „Nein, es ist Mitternacht, ich muss gehen."

„Verdammt! Bist du jetzt Aschenputtel?", brummte Cole und richtete seine Hose. „Bleib stehen!"

Sie ignorierte ihn und stöckelte auf wackeligen Beinen den steinigen Weg entlang. Mit schnellen Schritten holte er sie ein. „Komm mit mir! Werde meine Muse!"

Sie drehte sich um und verschränkte die Arme abwehrend vor der Brust. Sie wollte nicht eine von vielen werden. „Nein, ich habe dir schon gesagt, dass ich nicht für dich posieren werde."

„Glaub mir, du wärst perfekt. Ich sehe es vor mir. Das werden grandiose Aufnahmen. In wenigen Wochen ist meine Ausstellung, aber wenn wir gleich morgen anfangen, dann schaffen wir es. Du ...“

Eisige Kälte breitete sich in Kat aus. Die Vernissage. Enttäuscht schloss sie die Augen. Es war ihm nie um sie gegangen. Er brauchte ein Modell für seine Bilder.

Während sie sich eine gemeinsame Zukunft erträumt hatte, hatte er nur an ihren Körper gedacht und wie er sie perfekt in Szene setzen konnte. Deshalb hatte er sie heute so begierig angesehen. Im Geiste hatte er sich sicher schon ausgemalt, wie er sie kleiden und positionieren konnte.

Die Kehle schnürte sich ihr zu. Der Sex war für Cole nur das Sahnehäubchen. Deshalb hatte er sich auch nie bei ihr gemeldet, weil es ihm niemals um sie als Frau gegangen war. Bettgefährtinnen hatte er zu Genüge. Sie war nur ein Mittel zum Zweck, um seinen Ruhm zu mehren.

Wieder ertönte ein lauter Gong und sie musste sich beeilen, um ihren Arbeitgeber nicht zu verärgern.

„Lass mich in Ruhe und fass mich nie mehr an!“, fauchte sie gekränkt und erreichte endlich die Treppe.

Cole packte sie am Arm. „Warte. Wir sollten das klären", sagte er mit leiser Stimme, da sich einige Gäste auf der Terrasse befanden und interessiert die Köpfe in ihre Richtung drehten.

Störrisch schüttelte sie seine Hand ab. Sie wollte nicht mehr reden, sie wusste genug, um sich ein Bild zu machen.

„Du hast schon alles gesagt, das ich wissen muss. Du bist ein egoistisches Arschloch und ich will dich nie wiedersehen. Wenn du mich nicht auf der Stelle in Ruhe lässt, mache ich eine Szene, dass die Klatschspalten wochenlang über nichts anderes berichten werden", stieß sie verletzt hervor.

Steif trat Cole einen Schritt von ihr zurück. Seine Miene drückte Schmerz und Verwirrung aus.

Kat kämpfte mit den Tränen.

„Geh", forderte sie ihn kalt auf.

Wortlos drehte er sich um und verschwand in der Dunkelheit.

Kapitel 29

Zwei Monate später ...

Mit zittrigen Fingern band sich Cole die Krawatte um den Hals und riss das verhasste Kleidungsstück wenig später wieder herunter, da ihm der Knoten ständig misslang und er das Gefühl hatte, als bekäme er keine Luft.

„Komm, ich helfe dir!", bot Phil an und hob die blaue Seidenkrawatte vom Boden auf.

Cole schloss genervt die Augen. „Warum muss ich dieses Ding tragen? Ich bin der Star des Abends und sollte selbst entscheiden können, wie ich mich kleide."

Phil lachte leise. „So, wie ich dich kenne, würdest du in löchriger Jeans und mit grauem T-Shirt rumlaufen."

„Na und? Steve Jobs hat stets dasselbe getragen und er war ein erfolgreicher Mann.

Niemand hat sich an seinem schwarzen Rollkragenshirt gestört", brummte er.

Sein Agent hob eine Braue. „Warum weißt du solche Sachen? Muss ich mir Sorgen um dich machen?"

Cole trat einen Schritt zurück und betrachtete sich kurz im Wandspiegel. „Ich bin Fotokünstler, auf solche Details muss ich stets achten. Das ist mein Job."

„Stimmt und du hast wieder eine verdammt gute Bildserie zusammengestellt. Du wirst sehen, die Gäste werden sich um deine Drucke reißen. Da fließt reichlich Geld in unsere Taschen", sagte Phil und verließ Coles Schlafzimmer.

An Tagen wie diesen verspürte er einen scharfen Stich in seiner Brust, da sich seine Eltern nicht die Zeit nahmen, um bei seinem großen Tag an seiner Seite zu sein. Seine Mutter schlürfte mit Ehemann Nummer vier Cocktails auf einem Kreuzfahrtschiff, das durch die Karibik tuckerte. Während sein Vater dem nächsten lukrativen Geschäft in Shanghai nachjagte. Für seine abstrakten und mit den Worten seiner Eltern obszönen Kunstwerke hatte keiner der beiden jemals etwas übrig gehabt. Die Abneigung gegen seine Arbeit war eines der wenigen Themen, bei denen sich sowohl sein Vater als auch seine Mutter einig waren, ansonsten stritten sie permanent. Die Scheidung war für alle das Beste gewesen, selbst für Cole, der danach in ein Internat abgeschoben worden war und seine Eltern nur sporadisch an Feiertagen zu Gesicht bekommen hatte.

Er atmete tief durch und verdrängte die Gedanken an seine nicht vorhandene Familie. Sie waren ein weiterer Grund dafür, dass er es vorzog, allein und abgeschieden zu leben. Alles war besser als die ständigen Auseinandersetzungen und das permanente Geschrei der beiden. Cole hatte eine feste Mauer um sein Herz errichtet, die stets allen Gefühlen standgehalten hatte, bis sie in nur einer einzigen Nacht durch eine kleine Blondine eingerissen worden war.

Cole kniff die Lippen zu einer festen Linie zusammen. Kat gehörte ebenfalls der Vergangenheit an. Da er seit dem Ball wusste, dass es keine Zukunft für ihn und Kat gab, hatte er sich gezwungen, sich auf seine Ausstellung zu konzentrieren. Wenn schon sein Privatleben in Scherben vor ihm lag, musste er wenigstens beruflich erfolgreich sein. Die Bilder waren besser geworden und nach einigen Tagen harter Arbeit war er damit zufrieden gewesen und jetzt hingen die fertigen Fotodrucke in der Galerie.

Doch nachts lag er oft wach. Im Geist spielte er die letzte Begegnung am Winterball immer wieder durch. Warum hatte Kat so wütend reagiert?

Weil er mehr von ihr wollte als bloßen Sex?

War er für sie nur ein guter Fick gewesen?

Hätte sie echtes Interesse an ihm gehabt, dann wäre sie zu ihm gekommen. Im Gegensatz zu ihm wusste sie, wo er wohnte.

Das Höschen, dass er ihr am Ball ausgezogen hatte, verwahrte er in seiner Nachttischschublade. Er fühlte sich erbärmlich, wenn er es anstarrte, aber er brachte es nicht über sich, das Kleidungsstück zu entsorgen.

„Lass uns fahren", rief Phil aus der Diele und Cole lief die Treppen hinab und gemeinsam fuhren sie in die Stadt.

Den restlichen Abend erlebte Cole wie durch einen Nebel. Der Leiter der Galerie hielt eine kurze Ansprache, danach sagte Cole ein paar einstudierte Worte, die Phil vorbereitet hatte. Er stieß seine Sektflöte mit denen der Gäste an. Beantwortete Fragen und nahm Glückwünsche entgegen.

Flüchtig glaubte er unter den Besuchern, Kat zu entdecken, aber sie war sofort wieder verschwunden, sodass er es als Hirngespinst abstempelte.

Sarah und eine ihre Freundinnen schlenderten zu ihm und sie umarmte ihn herzlich.

„Danke für die Zusammenarbeit", bedankte er sich bei seinem Modell. „Du warst sehr geduldig mit mir", fügte er zerknirscht hinzu.

„Schon gut, wenigstens bist du privat ein netter Kerl. Sonst wäre ich geflohen." Lachend zwinkerte Sarah ihm zu.

Cole bemühte sich, ihr Lächeln zu erwidern, obwohl ihm nicht der Sinn danach stand. Der bloße Gedanke an sein leeres großes Haus verdarb ihm die Stimmung. Früher hatte er die Einsamkeit geliebt, heute graute ihm davor, allein zu sein.

Ohne ein neues Projekt, das ihn beschäftigen würde.

Allein mit seinen Gedanken und Sehnsüchten nach der einen Frau, die ihn nie mehr wiedersehen wollte.

Kapitel 30

Sie wusste, dass es ein Fehler war.

Seit wann war sie zur Masochistin geworden?

Diese Frage kreiste durch Kats Kopf, als sie ihren kleinen Seat in einer Seitenstraße parkte, tief durchatmete, den Gurt löste und aus dem Wagen stieg. Unschlüssig lehnte sie sich an ihr Auto. Schneeflocken tanzten in der Luft und sie betrachtete die zarten Eiskristalle. Sollte sie es wahrhaft wagen?

Ja. Sie wollte nur kurz in die Galerie gehen und einen Blick auf die Bilder werfen, für die sie posieren hätte sollen. Sie musste wissen, was Cole in ihr gesehen hatte. Wie er sie hätte darstellen wollen. Sicher waren die Aufnahmen abstoßend. Bizarr. Pervers. Dennoch würden sie ihr gefallen. Wie all seine anderen Werke.

Wenn ihre Freundinnen von Cole wüssten, würden sie sie eine Idiotin schimpfen. Sie würden ihr sagen, dass es eine Ehre wäre, ohne Modellerfahrung von so einem genialen Künstler wie Cole Winter verewigt zu werden. Wie wäre es, wenn ihr Gesicht auf zahlreichen Bildern gewesen wäre, die für Unsummen verkauft werden würden?

Sie würde es nie erfahren.

Weder Simone, Marion noch Nicole würden verstehen, dass sie es niemals überstanden hätte, wochenlang an seiner Seite zu sein und zu wissen, dass er sie nur für ein Projekt wollte.

Seit den leidenschaftlichen Vereinigungen hatte sie lange an der Sehnsucht nach seinen Liebkosungen gelitten. Sie wollte bei ihm sein. Seinen markanten Duft einatmen, seine Berührungen auf ihrer Haut spüren und seine tiefe Stimme hören.

Bevor sie es sich anders überlegen konnte, marschierte sie los und erreichte das Gebäude. Mit klammen Fingern fuhr sie mit dem Lift in die oberste Etage und betrat mit klopfendem Herzen die Ausstellung. Sie schlüpfte aus ihrem warmen roten Wintermantel und gab ihn an der Garderobe ab.

Leise gemurmelte Stimmen summten durch den dämmrigen Raum. Die dezente Beleuchtung setzte die Bilder gekonnt in Szene. Das gesamte Ambiente fühlte sich stimmig an. Die Eröffnung ging erfolgreich über die Bühne. Kat spürte, dass die Ausstellung ein Erfolg werden würde. Sie lauschte den Ansprachen und ein Schauer lief ihren Rücken hinab, als sie Coles eindrucksvolle tiefe Stimme vernahm. Ihr Herz klopfte vor Aufregung laut in ihrer Brust und sie hätte stundenlang seiner Rede lauschen können. Schmerzhaft krampfte sich ihr Innerstes zusammen. Er fehlte ihr und sie wünschte, ihre letzte Begegnung hätte anders geendet. Aber der harte Bruch war notwendig gewesen, denn ansonsten wäre sie machtlos gegen seinen Charme gewesen und hätte sich auf eine gefährliche Liaison eingelassen. Dann hätte er ihr spätestens nach Vollendung des Projekts das Herz gebrochen.

Schnell mischte sie sich unter die Gäste und huschte durch die Räume. Die Bilder luden dazu ein, sie länger zu betrachten, aber sie konnte sich die Zeit nicht nehmen. Zu groß war die Gefahr, dass sie auf Cole träfe.

Sie bog um eine Ecke und entdeckte eine hohe mit einem goldenen Rahmen versehende Fotografie, die abwechselnd mit rotem und hellem Licht beleuchtet wurde. Durch die wechselnden Lichteffekte wirkte die Leiche, die auf dem nassen Waldboden lag, furchterregend und beängstigend.

Unvermittelt entdeckte sie Cole im Augenwinkel. Er lachte mit Besuchern und sah in seinem Anzug zum Anbeißen aus. Die Tätowierungen waren durch die langen Ärmel und den Hemdkragen versteckt und es schien, als wären die verschlungenen Zeichen, die seinen Oberkörper und die Arme zierten, ihr gemeinsames Geheimnis. Wie gerne wäre sie zu ihm gelaufen und hätte seinen markanten männlichen Duft eingeatmet. Ihre Haut prickelte bei der Vorstellung, wie er sie aus ihrer warmen Winterkleidung schälte und sie liebkoste.

Als hätte er ihre Anwesenheit gespürt, hob er unvermittelt den Kopf und flüchtig trafen sich ihre Blicke. Schnell duckte sie sich und verließ den Raum.

Suchend sah sie sich um und erspähte eine Toilette. Rasch betrat sie den Vorraum und drehte das Wasser auf, um sich die erhitzten Wangen zu kühlen.

Lachend betraten zwei Frauen den Waschraum. Kat erkannte sofort das Modell, das für Cole posiert hatte und auf allen Fotografien abgebildet war. Vor ihr stand die Fremde, die sie beim Joggen zusammen mit Cole gesehen hatte. Ohne weiter darüber nachzudenken, schlüpfte sie in eine freie Toilette und verriegelte die Tür. Kat versuchte, sich zu beruhigen. Durch die kleine Infotafel am Eingang der Galerie wusste sie, dass das Fotomodell den Namen Sarah trug und fünfundzwanzig Jahre alt war. Gedämpft vernahm sie die Stimmen der jungen Frauen.

„Los, erzähl! Wie ist es, das Bett mit Cole Winter zu teilen?"

Kat schloss gequält die Augen. Sie hätte nicht herkommen sollen. Das hatte sie von ihrem Wunsch, die Bilder zu sehen. Sie hätte nach der Eröffnung an einem normalen Wochentag herfahren sollen.

„Hör schon auf, Nina. Ich habe nicht mit ihm geschlafen, sondern mit Cole gearbeitet. Warum glauben immer alle, dass Modells die meiste Zeit des Tages auf dem Rücken liegen?", tönte die genervte Antwort von Sarah durch den kleinen Raum.

Kat hielt den Atem an und lehnte sich voller Neugier vor.

„Hast du keine Augen im Kopf? Cole hat einen prachtvollen Körper. Hast du nicht mal daran gedacht, etwas Spaß mit ihm zu haben?"

„Doch. Welche Frau würde das nicht? Aber er hat gleich von Beginn an klar gesagt, dass er Vergnügen und Job stets trennt. Er schläft nicht mit seinen Modellen."

„So ein Spießer. Egal. Jetzt ist der Auftrag erledigt. Du kannst ihn dir schnappen und ihr könnt zusammen den Erfolg feiern."

„Ich denke nicht, dass ihm der Sinn danach steht."

„Warum? Heute ist sein großer Tag."

„Den er lieber mit jemand anderem verbringen würde."

„Hat er etwa eine Freundin?"

Nervös schluckte Kat. Hatte Cole eine feste Partnerin? Verdammt, warum sprach Sarah nicht weiter? Sie hörte Wasser rauschen und lehnte sich näher an die Tür.

„Nein, aber er hat sich scheinbar kürzlich getrennt. Deshalb waren seine Launen kaum zu ertragen."

„Seltsam, ich habe gar nichts darüber in den Klatschspalten gelesen."

Wieder ein Rascheln. Jemand betätigte den Handtrockner.

„Ich weiß nur, dass sie Kat heißt."

„Kat? Ein ungewöhnlicher Name."

„Stimmt. Aber ich weiß so gut wie nichts über ihre Beziehung. Manchmal, wenn er dachte, dass er allein sei, hat er am Fenster gestanden, hinausgestarrt und leise Kat geflüstert."

„Trotzdem könntest du dein Glück versuchen."

„Nein, da ist nichts zwischen uns. Wenn er der Richtige für mich gewesen wäre, hätte ich es gleich gespürt."

„Egal. Wer braucht schon den einen Mr. Right, wenn man auch einen sexy Mann für einen guten Fick haben kann?"

„Nina, du bist unmöglich. Los, beeil dich, ich will mir zur Feier des Abends ausnahmsweise noch ein Glas Sekt holen." Lachend verließen die Frauen die Toilette.

Erschüttert sank Kat an der Tür zu Boden. Es war ihr egal, dass sie auf einem Toilettenboden hockte. Tränen liefen ihr übers Gesicht. Hatte sie Cole die ganze Zeit falsch eingeschätzt? Empfand er ebenfalls etwas für sie? Mehrmals hatte er sie gebeten zu bleiben.

Kat hatte gedacht, er wolle sie als sein Fotomodell, aber wenn es stimmte, dass er mit keinem seiner Modelle Sex hatte, dann hatte sie seine Beweggründe womöglich falsch beurteilt.

Sie presste eine Hand auf den Mund, als sie sich an den Ball erinnerte. Wenn er es ernst mit ihr gemeint hatte, was musste er sich gedacht haben, als sie ihm kurz nach dem fantastischen Quickie den Laufpass gegeben hatte?

Ein Zittern lief durch ihren Körper und sie konnte ein gequältes Schluchzen nicht länger unterdrücken.

Sie musste hier weg.

Kapitel 31

„Das war ein voller Erfolg, mein Freund!" Lachend schlug Phil ihm auf die Schulter und reichte Cole eine Flasche Bier. Klirrend stießen sie auf das großartige Gelingen an.

Sie saßen in Coles weitläufigem Wohnzimmer vor dem warmen Kamin und Phil hatte sich die Krawatte abgenommen und er spielte mit dem teuren Seidentuch herum.

Entspannt lehnte sich Cole zurück und trank gierig einen großen Schluck. Es war vollbracht. Mit einem Schlag fiel die dauerhafte Anspannung der letzten Wochen von seinen Schultern. Im Augenwinkel beobachtete er seinen Freund, der sich behaglich auf dem Sofa ausstreckte und selig sein Bier schlürfte.

„Danke für deine Hilfe."

„Gerne, dafür bezahlst du mich schließlich, Kumpel."

„Stimmt, doch ich gebe zu, ich war dieses Mal etwas schwierig", gestand Cole lachend.

„Das ist eine gewaltige Untertreibung, aber da ich bald einen fetten Scheck bekomme, sei es dir verziehen", grunzte sein Agent angeheitert.

„Du bekommst nicht nur das ...", sagte Cole unvermittelt.

Alarmiert setzte sich Phil auf. „Irgendwas gefällt mir an deinem Tonfall nicht. Wie meinst du das?"

„Nach der erfolgreichen Eröffnung der Ausstellung sollten wir uns einen Urlaub gönnen", sagte Cole beiläufig.

Interessiert richtete sich Phil kerzengerade auf. „Gute Idee. Ich buche uns gleich morgen etwas. Warst du schon in dem neuen Ressort auf den Bahamas? Dort soll es paradiesisch sein. Sonnenschein. Privatstrände. Heiße Mädchen ...", sinnierte sein Agent und schloss genüsslich die Augen.

„Nein, dort war ich noch nicht, aber ich habe ein anderes Ziel geplant und habe schon für uns gebucht. Wir sollten uns bald auf die Haut legen, denn wir starten gleich morgen bei Sonnenaufgang."

„Was? Bist du betrunken? Ich habe nicht gepackt und nur ein paar Sachen zum Wechseln mit. Wo fahren wir hin?", fragte Phil aufgebracht und sah ihn vorwurfsvoll an.

Cole lachte und erhob sich. „Sei kein Waschlappen. Echte Männer brauchen keine Vorlaufszeit und schleppen nicht ihren halben Kleiderschrank mit. Wenn wir was benötigen, kaufen wir es uns vor Ort."

„Hast recht ...", nuschelte Phil, der dem Alkohol schon reichlich zugesprochen hatte und schloss mit einem Gähnen die Augen. „Ich schlafe gleich hier auf der Couch ..."

„Okay. Ich wecke dich morgen um fünf auf."

Phil hob ein Augenlid. „Dann haue ich dir eine rein. Seit wann bist du so ein Frühaufsteher?"

„Das war ein Scherz, Mann. Wir starten erst, wenn wir von selbst wach werden. Nach dem Stress brauchen wir Erholung", sagte Cole und zog sich in sein Schlafzimmer zurück.

Am nächsten Tag packten sie nach einem späten Frühstück ihr spärliches Gepäck in Coles großen allradbetriebenen SUV. Obwohl Phil ihn die ganze Fahrt nervte, verriet er kein Wort über das Ziel der Reise.

Nach zwei Stunden Fahrtzeit erreichten sie ein Chalet in den Bergen.

„Wir sind da. Die nächsten Tage werden wir mit Schneeschuhwandern, Langlaufen und Skifahren verbringen, uns in urigen Almhütten stärken und am Abend in der heißen Sauna aufwärmen."

„Bist du übergeschnappt? Du hast mir einen Urlaub mit Erholung versprochen und kein, kein ...", Phil schnappte aufgeregt nach Luft, dass Cole befürchtete, sein Freund erleide einen Herzinfarkt.

„Der Urlaub wird dir gefallen. Du hast selbst erwähnt, dass du Wintersport magst."

„Ja, im Fernsehen!" Phils Wangen röteten sich. „Wir haben gar keine Ausrüstung dabei."

„Keine Sorge, ich habe mich um alles gekümmert und für uns nur das Beste geliehen. Du wirst begeistert sein."

„Nein, ich werde mir ein Taxi bestellen und einen Flug auf die Bahamas buchen", drohte Phil und sprang aus dem Auto. Aufgebracht stapfte er durch den Schnee zum Eingang der Hütte. Er hielt kurz inne und wanderte vor dem Haus auf und ab. Mit der Hand umklammerte er sein Smartphone, das er weit in die Luft streckte. Da das Handy keinen Empfang hatte, folgte er Cole nach wenigen Minuten mürrisch ins Innere der Hütte.

„Gib mir sofort das WLAN-Passwort", verlangte er rüde.

„Es gibt hier kein Internet", antwortete Cole seelenruhig.

„Was? Das geht doch nicht! Bist du noch zu retten? Wir müssen online sein!", rief Phil. „Wir müssen für Käufer erreichbar sein ..."

„Hier!" Cole lief zum Kühlschrank, den er vom Vermieter hatte bestücken lassen, und reichte seinem verzweifelten Freund ein kühles Bier. Seine Lippen hoben sich zu einem amüsierten Lächeln beim Anblick von Phils fassungslosem Blick. Er klopfte seinem Kumpel lachend auf die Schulter. „Du wirst sehen, die kleine Auszeit tut uns beiden gut."

„Dir vielleicht, aber ich brauche das Internet und mein Smartphone wie die Luft zum Atmen."

Nach einer Stunde hatte sich Phil so weit beruhigt, dass sie ihre Rucksäcke packen und ihren ersten kurzen Ausflug starten konnten.

Die Tage vergingen wie im Flug. Die digitale Auszeit tat ihnen beiden gut und die Bewegung an der frischen Luft erdete sie. Obwohl Phil das nie zugeben würde, wusste Cole, dass es seinem Kumpel ebenfalls gefiel, obgleich dieser zähneknirschend ankündigte, den nächsten Urlaub selbst zu organisieren.

Kapitel 32

Wie mechanisch arbeitete sich Kat durch ihre Aufgabenliste. Immer wieder schweiften ihre Gedanken zu Cole. Gleich am nächsten Tag nach der Eröffnung seiner Ausstellung war sie zu ihm gefahren, aber er war nicht im Haus gewesen oder er hatte ihr nicht geöffnet, weil er sie nicht sehen wollte. Sie wusste es nicht.

Jeden Tag war sie mehrmals in die warmen Stiefel geschlüpft und durch den tiefen Schnee zu seiner Villa gestapft.

Ohne Erfolg.

Das Haus blieb verlassen und leer.

Sie hatte keine Ahnung, wo er sich befand. In ihrer Verzweiflung hatte sie sogar das Internet und die Klatschspalten durchforstet. Aber es war zwecklos.

Sie hatte Mist gebaut.

So wie es jetzt aussah, bekam sie nicht einmal die Chance, sich zu entschuldigen. Ihr Herz zog sich schmerzhaft in ihrer Brust zusammen und Tränen stiegen in ihr auf. Seit dem Wochenende war sie ständig am Heulen. Ihre Nase und Augen waren so gerötet, dass sie kaum in der Lage war zu arbeiten.

„Nimm dir die nächsten Tage frei, meine Liebe. So eine Erkältung soll man nicht auf die leichte Schulter nehmen", unterbrach Mr. Meyer sie und sah sie forschend an.

Kat wollte ihn korrigieren, aber sie unterließ es. Sie war zwar nicht erkältet, dennoch fühlte sie sich grottenelend wie nie zuvor in ihrem ganzen Leben.

„Danke, ich werde mich hinlegen", antwortete sie und schleppte sich aus dem Raum und floh in ihre Wohnung. Sie rollte sich auf ihrem Sofa zusammen und verbrachte den restlichen Tag mit einer großen Packung Eiscreme, vielen Taschentüchern und einem Netflix-Serienmarathon. Es tat ihr gut, all ihre Gefühle herauszulassen, und sie schöpfte neuen Mut.

Egal, wie lange es dauerte. Irgendwann würde Cole wieder in seiner Villa sein und sie könnte sich bei ihm entschuldigen.

Langsam reifte ein Plan in ihr und die verrückte Idee gefiel ihr. Blieb nur zu hoffen, dass sie einem gewissen Künstler ebenfalls gefallen würde.

Kapitel 33

Eine Woche später ...

Nach dem erholsamen Urlaub in den Bergen saß Cole grimmig am Computer und checkte seine Mails, beantwortete Anfragen und surfte auf der Suche nach einer neuen Inspiration ziellos durchs Netz. Schon die erste Nachricht reichte und die Urlaubserholung verpuffte.

Missmutig sah er sich um und nach den gemeinsamen Tagen mit seinem Freund fühlte er die bittere Einsamkeit erneut schmerzhaft in seiner Brust brennen. Aber der Gedanke, außer Haus zu gehen und mit einer Frau zu flirten, bereitete ihm Unwohlsein.

Wieder wanderte sein Blick zum Bildschirm und er klickte sich lustlos durch einen Katalog mit jungen Fotomodellen, um mögliche Kandidaten für ein nächstes Shooting auszuwählen.

Vielleicht sollte er nach einem männlichen Modell suchen und eine Bildserie über einen Mann machen, dem brutal das Herz aus der Brust gerissen worden war.

Ein lautes Pochen ließ ihn erschrocken innehalten.

Rasch überlegte er, wer es sein könnte, aber er erwartete niemanden. Keinen Paketdienst und Phil war ans andere Ende des Landes zu einem weiteren Klienten gereist.

Während er zur Tür trabte, schoss ihm kurz der Gedanke durch den Kopf, dass es Sarah sein könnte. Hatte sie etwas vergessen? Schwungvoll öffnete er die schwere Haustür. „Ja, bitte was ...“

Die restlichen Worte blieben ihm im Hals stecken, als er auf sein Gegenüber starrte. Sein Herz drohte stehen zu bleiben, als er wie gebannt die Frau vor ihm betrachtete.

Lässig lehnte Kat im Türrahmen. Sie trug einen verdammt kurzen karierten Rock, eine zu enge weiße Bluse und schwarze Kniestrümpfe. Aufreizend langsam richtete sie sich auf und spielte verträumt mit einer Haarlocke, die sich aus ihren langen blonden Zöpfen gelöst hatte.

„Hi“, murmelte sie zaghaft und blickte ihn fragend an.

„Hey“, antwortete er knapp.

Als sie nichts weiter sagte, räusperte er sich und zwang seine Augen, nicht über ihren aufreizenden Körper zu gleiten.

„Was willst du hier?", fragte er und verschränkte die Arme vor der Brust. Er versuchte, an etwas anderes zu denken als an ihre verführerische Erscheinung.

„Ich war gerade in der Nähe. Ich arbeite seit einigen Monaten für Mr. Meyer. Bei den hohen Benzinpreisen und unerschwinglichen Mieten bin ich vor einiger Zeit bei ihm eingezogen."

Coles Atmung beschleunigte sich. Kat lebte seit Wochen direkt in seiner Nähe und war seine Nachbarin? War sie gekommen, um ihm das unter die Nase zu reiben? Und weshalb zur Hölle lief sie im Winter in diesem knappen Kostüm herum?

„Warum bist du hergekommen?", presste er angespannt zwischen den Lippen hervor.

Sie knabberte an ihrer Unterlippe und er erkannte, dass sie wieder diesen verführerischen Lippenstift aufgetragen hatte.

„Weil ich dich etwas fragen möchte." Sie schnappte einen ihrer Zöpfe und spielte damit herum.

Ruhelos trat er von einem Fuß auf den anderen.

„Ja?"

„Steht dein Angebot noch?"

Cole schluckte. Er hatte keine Ahnung, wovon sie sprach. Aber allein ihr Anblick reichte und sein Schwanz erwachte zuckend zum Leben. Wenn sie weiterhin so verträumt mit ihren Haaren spielte, würde gleich etwas in seiner Hose stehen.

„Was meinst du?", antwortete er mit krächzender Stimme.

„Dass du mich als deine Muse in deinem Leben haben willst", flüsterte sie.

„Wie bitte?", fragte Cole, da sie so leise gesprochen hatte und er sich nicht sicher war, ob er die Worte gehört oder sie sich nur eingebildet hatte.

„Ich glaube, ich tauge nicht als Leiche. Aber vielleicht kannst du dir vorstellen, ein ungezogenes Schulmädchen zu fotografieren?" Frech grinste sie ihn an.

Sein Puls raste und er schluckte, ehe er fähig war, sich zu rühren oder zu sprechen. Tausend Gedanken jagten durch seinen Kopf. Sie hatte ihn mit ihrer rüden Abfuhr verletzt. So schnell wollte er nicht nachgeben. Er blickte abwesend auf seine Fingernägel. „Das hängt vom Modell ab. Hast du Erfahrungen als Muse?"

Sie lehnte sich interessiert vor. „Nein, aber ich habe gehört, dass du ein guter, wenn auch strenger Lehrer sein sollst."

Heiße Vorfreude breitete sich in seinen Lenden aus.

„Das stimmt. Wenn du eine gelehrige Schülerin bist, werde ich dich belohnen. Ansonsten werde ich dich bestrafen müssen", antwortete er mit fester Stimme.

Sie nickte. „Damit komme ich zurecht."

„Dir ist hoffentlich klar, dass so eine Ausbildung lange dauert. Du wirst bei mir einziehen müssen."

„Das habe ich mir gedacht." Sie deutete mit dem Kopf zum Wagen. „Ich habe zur Sicherheit eine Tasche dabei, falls du gleich mit dem Unterricht anfangen willst."

„Wenn du mit mir ins Haus kommst, lasse ich dich so schnell nicht mehr gehen. Eine Flucht ist zwecklos", drohte er.

„Ich weiß, aber vielleicht gefällt es mir, wenn du mich gelegentlich einfangen und über die Schulter werfen musst", säuselte sie.

Cole schloss einen Augenblick die Lider und lehnte seine Stirn an ihre. „Kat, meinst du das ernst?"

Sie umfasste sein Gesicht. „Ja, Cole. Es tut mir leid, dass ich so abweisend am Ball reagiert und dich verletzt habe. Ich dachte, du willst mich nur als dein Modell für die Ausstellung und schickst mich dann in die Wüste."

„Wie kommst du darauf? Ich habe dich immer wieder gebeten zu bleiben."

„Ich weiß, aber ich dachte, dass das nur eine Masche sei, um eine kurze Affäre mit mir zu haben."

Cole schüttelte den Kopf. „Nein, nach der verrückten Halloweennacht konnte ich an keine andere Frau mehr denken. Ich will nur dich in meinen Leben haben."

„Ich wollte nicht losfahren, sondern bei dir bleiben", gestand sie.

„Warum hast du es nicht getan?", wollte er wissen.

„Weil es verrückt gewesen wäre. Wir kannten uns kaum."

„Wir wissen auch jetzt fast nichts voneinander."

„Ich weiß", gab sie zu und schnappte sich seine Hand, die sie auf ihre Brust legte. „Aber ich spüre es in meinen Herzen, dass du der Richtige für mich bist."

Ein warmes Gefühl stieg in Coles Brust auf und gerührt küsste er sie auf den Scheitel. „Deine Worte bedeuten mir sehr viel."

Sachte löste er seine Hand von ihr und hob ihr Kinn. „Ich liebe dich."

Ihre Lippen zitterten und sie blinzelte. „Ich verdiene deine Liebe nicht."

„Stimmt", bestätigte er und ließ sie einen Moment zappeln. Dann zwinkerte er ihr verschwörerisch zu. „Keine Frau verdient es, sich mit einem Mann wie mir dauerhaft herumschlagen zu müssen."

Ein strahlendes Lächeln breitete sich auf ihrem Gesicht aus. „Das stimmt nicht, du bist ein Traummann. Mein Traummann."

Er verschränkte seine Finger mit den ihren. „Komm, lass uns ins Haus gehen."

Er führte sie in den Vorraum und spontan wirbelte er sie zu sich herum, sodass sie in seinen Armen lag. Seine Finger wanderten unter ihren kurzen Rock und spielerisch kniff er sie in ihre rechte Pobacke.

„Seit ich das Kostüm zum ersten Mal gesehen habe, habe ich mir gewünscht, dich darin zu sehen und zu verführen", gestand er.

Sie streckte ihren Rücken durch, sodass ihre festen Brüste in der engen Bluse noch besser zur Geltung kamen.

„Das habe ich mir gedacht", antwortete sie und spielte wieder mit ihren Haaren.

Er beugte sich vor. „Ich verrate dir etwas. Ich hätte dich auch in einem Kartoffelsack zurückgenommen und für ein Shooting ausgewählt."

Sie umfasste sein Gesicht mit ihren zarten Fingern und strich über seine Wange. „Da trage ich lieber gar nichts ..." Ihre Augen blitzten herausfordernd.

„Ich helfe dir gern beim Ausziehen", sagte er, während er sie schwungvoll hochhob und in den ersten Stock trug.

Kapitel 34

Stunden später lagen sie eng umschlungen zusammen im Bett.

„Das ist verrückt. Wir dürfen niemals jemandem erzählen, wie wir uns kennen- und lieben gelernt haben", flüsterte Kat und schmiegte sich glücklich an ihn.

Cole küsste sie. „Du hast Glück, dass ich Fotograf und kein Schriftsteller bin, sonst würde ich darüber schreiben."

„Untersteh dich!" Lachend liebkoste sie seinen Mund.

„Wobei ...", sagte er mit ernstem Tonfall und runzelte gespielt nachdenklich die Stirn. „Beim nächsten Interview werden mich die Reporter sicher fragen, wie wir uns kennengelernt haben. Es würde gut zu meinem Image als perverser Künstler passen, wenn ich von unserem heißen Zusammenkommen sprechen würde."

„Benimm dich!" Kat verpasste ihm einen leichten Klaps auf die Schulter. Ihre Augen funkelten und ihre Brust hob und senkte sich hektisch. Sie fühlte sich unendlich erleichtert, dass sie sich mit Cole ausgesprochen und sich ein Herz genommen hatte, um zu ihm zu fahren.

„Es macht mir Spaß, dich zu verärgern. Denn dann kann ich mich auf eine lustvolle Versöhnung freuen", sagte er und drehte sich mit ihr herum, sodass sie unter ihm lag.

„Ich meine es ernst, bitte versprich mir, dass du niemandem davon erzählst", wiederholte sie und strich ihm liebevoll eine dunkle Haarsträhne aus dem Gesicht.

Er legte den Kopf schief und streichelte ihr sanft über die Hüften. „Was bekomme ich für mein Schweigen?"

Kats Finger wanderten zielstrebig nach unten und sie umfasste seine pochende Männlichkeit. Seine Muskeln zogen sich krampfartig zusammen, als sie ihr Becken hob, sich ihre heißen Schenkel teilten und seine harte Erektion den Eingang ihrer nassen Mitte berührte.

„Die Frage ist eher, was du nicht mehr bekommst", schnurrte sie und beobachtete seine

Reaktion. Nie zuvor hatte es ihr so viel Vergnügen bereitet, mit einem Mann zu spielen und ihn herauszufordern.

„Gutes Argument", keuchte er und knurrte protestierend, als sie sich von ihm lösen wollte.

Lachend drückte sie ihre Lippen auf seinen Mund. „Lass uns später weiterreden. Jetzt will ich dich in mir spüren."

„Du hast recht, Liebling", erwiderte er. „Ich bin so glücklich, dich wieder bei mir zu haben."

Sie strich mit dem Daumen über seine sinnlichen Lippen und lachte, als er sie sanft in den Finger biss.

„Ich liebe dich und dein Lächeln", flüsterte er und drückte einen zärtlichen Kuss auf ihren Mund.

Kats Herz raste und sie hob den Blick. „Ich liebe dich auch. Für immer."

Epilog

Ein Jahr später ...

Kat stand in einem eleganten schwarzen Kleid, mit einem Glas Sekt in der Hand neben ihren Freundinnen Simone, Nicole und Marion in einer angesagten Galerie in der Innenstadt. Sie amüsierten sich köstlich, plauderten angeregt und Kat genoss es, Zeit mit ihnen zu verbringen.

Heute war die Premiere von Coles aktueller Ausstellung und sie freute sich mit ihrem Ehemann. Lächelnd sah sie sich um und entdeckte ihn, umgeben von ein paar Kunstliebhabern, in einer Ecke. Er gestikulierte wild mit den Armen und verschüttete dabei fast den Inhalt seines Glases, das er nur in der Hand hielt. Zum Trinken nahm er sich bei so einer Veranstaltung selten Zeit, außerdem wollte er einen klaren Kopf bewahren, um all die Fragen seiner Mäzene zu beantworten.

Sie liebte ihren leidenschaftlichen Künstler mit jeder Faser ihres Herzens. Ihre Beziehung war stürmisch, feurig und manchmal ungezügelt, aber niemals langweilig.

Obwohl er sie immer wieder damit nervte, dass sie ihren Job kündigen und seine Assistentin werden sollte, lehnte sie ab. Sie liebte Cole, doch sie würde wahnsinnig werden, wenn sie Tag und Nacht ununterbrochen zusammen wären. Ein bisschen Freiraum tat ihnen beiden gut. Was seine Buchhaltung und Organisation seiner Unterlagen anging, war er ein hoffnungsloser Fall. Sie bräuchte Stunden, bis sie sich in seinem Chaos zurechtfand und er würde durchdrehen, wenn sie alles sortierte, denn dann würde er nichts mehr finden.

Sein Fotomodell würde sie ebenfalls nicht werden. Dazu kannte sie seinen Perfektionismus nur zu gut, sie würden vorher zanken und sich anbrüllen, bevor er mit den Fotos zufrieden wäre und sie würde von dem ewigen Posieren steif und verspannt werden. Jeder, der behauptete, dass das Modellstehen ein Gewerbe sei, wo man leicht Geld verdienen konnte, der sollte einmal für Cole Winter arbeiten.

Ihren Freundinnen hatte sie bis heute nicht die ganze verrückte Halloweengeschichte erzählt. Obwohl sie sie immer wieder löcherten, berichtete sie nur oberflächlich, wie sie sich kennen und lieben gelernt hatten. Denn das war ihre persönliche Lovestory.

Vorsichtig schaute sie sich im Raum um und entfernte sich ein paar Schritte von ihren Begleiterinnen. Als sie sicher war, dass niemand sie beobachtete, stellte Kat unauffällig ihr volles Glas auf einen kleinen Stehtisch und schnappte sich ein leeres.

Unvermittelt spürte sie muskulöse Arme, die ihre Taille fest umfassten. Cole lehnte sich an sie. „Was machst du?"

„Nichts", wisperte sie und versuchte, sich aus seinem Griff zu befreien.

„Lügnerin", flüsterte er ihr leise ins Ohr. „Ich hatte dich den ganzen Abend im Blickfeld und mir ist nicht entgangen, dass du heimlich die Gläser austauschst." Sein Gesichtsausdruck wurde finster und streng. „Was verheimlichst du?"

„Lass uns zu Hause darüber sprechen", wich sie seiner Frage aus.

„Ich will jetzt mit dir reden." Er zog sie mit sich in den kleinen Nebenraum.

„Heute ist dein großer Abend. Feiere den Erfolg und wir unterhalten uns später."

„Du weißt, dass ich solche Veranstaltungen hasse und ich nur teilnehme, weil ich dazu gezwungen werde."

„Stimmt." Sie lehnte ihre Stirn an seinen breiten Oberkörper. Dann hob sie den Kopf. „Ich fühle mich seit ein paar Tagen müde und ausgelaugt. Meine Brüste spannen."

Seine Lippen zuckten.

Kat schlug nach ihm. „Hör mir zu und starr nicht meine Brüste so lüstern an."

Er hob den Kopf und sah sie mit seinen dunklen geheimnisvollen Augen an. „Meine ganze Aufmerksamkeit gehört nur dir, liebste Ehefrau."

„Ich habe einen Schwangerschaftstest gemacht." Angespannt wartete sie auf seine Reaktion. Sie hatten nie über Kinder gesprochen und sie wusste nicht, ob er sich freuen würde.

„Und?", fragte er und sah sie weiter durchdringend an.

„Ich bin schwanger."

Mit einem freudigen Aufschrei hob er sie hoch und drehte sie im Kreis. „Das sind wunderbare Nachrichten, mein Schatz! Warum hast du es mir nicht gleich gesagt? Ich hätte dir beim Test die Hand gehalten."

„Und mich wahnsinnig gemacht. Beim nächsten Mal bist du dabei", versprach sie.

Er umfasste zärtlich ihr Gesicht. „Ich liebe dich und wünsche mir eine große Familie."

Erleichterung durchflutete sie und sie lehnte sich glücklich an ihn. „Ich mir auch. Ich liebe dich!"

Cole beugte sich vor und küsste sie stürmisch.

„Komm, lass uns den Abend hinter uns bringen, dann werden wir zuhause unser Glück ausgiebig feiern."

ENDE

Danksagung

Danke, dass ihr die Liebesgeschichte von Kat und Cole gelesen habt. Dieses Buch ist eine Premiere für mich, denn es ist der erste Liebesroman, den ich selbst herausgebracht habe.

Mir fallen die Geschichten meist impulsiv ein und wirbeln so lange durch meinen Kopf, bis ich sie niederschreibe. Die Idee zu „Halloween Night – Gefährliche Küsse" ist mir spontan beim Autofahren eingefallen, als ich überlegt habe, was passieren würde, wenn man bei schlechtem Wetter, ohne Handyempfang mit dem Auto im Graben landet. Mit solchen Fragen beginnt der kreative Prozess und binnen wenigen Tagen entsteht eine Geschichte vor meinem inneren Auge. Die Hauptprotagonisten, in dem Fall Kat und Cole, erwachen zum Leben und ich lerne sie jeden Tag mit jedem geschriebenen Wort besser kennen. Es hat mir viel Spaß gemacht über die beiden zu schreiben, die sich durch eine Verkettung von Ereignissen, die Kat und Cole nie erwartet hätten, lieben gelernt haben. Im Laufe des Schreibens sind dann weitere Figuren wie der smarte Agent Phil hinzugekommen, den einige meiner Testleserinnen sofort ins Herz geschlossen und mich um eine Fortsetzung gebeten haben. Im ersten Moment war die Antwort nein, denn die Geschichte von Cole und Kat sollte ein Einzelroman werden, doch wenige Tage später ist mir beim Mittagessen folgende Frage eingefallen: Was wäre, wenn Phil sich mit einer attraktiven, aber auch sehr launischen Künstlerin herumschlagen müsste und sie ausgerechnet an Halloween in einer Galerie eingeschlossen werden würden? Lassen wir uns überraschen, doch womöglich entsteht bald die Geschichte von Phil und Willow.

Ein herzliches Dankeschön an all die Menschen, die mich hinter den Kulissen unterstützt haben.

Danke an meine Schriftstellerkollegin und Freundin Sophie Hood, die vom ersten

Moment an Cole und Kat geglaubt hat und mir in so manchen langen Schreibnächten mit Ratschlägen zur Seite stand.

Danke an meine Testleserinnen Verena, Eva, Irene, Sabine, Grete, Cornelia, Marlene, Lisa, Roswitha, Kerstin, Vanessa, Mareike, Gina und meinen Testlesern Martin und Leo. Danke, dass ihr mir geholfen habt, mögliche Logikfehler aufzudecken und mir erstes Feedback gegeben habt.

Danke an Elisabeth, die als meine Korrektorin all die vielen kleinen Fehler entdeckt hat, die sich manchmal eingeschlichen haben.

Danke an Nancy, die ein wunderbares Cover für Kat und Cole entworfen hat.

Danke an meine Schriftstellerkolleginnen Inka Loreen Minden, Lisa Diletta und Nancy Salchow, die mir mit vielen Ratschlägen zum Selfpublishen zur Seite gestanden und mir Mut gemacht haben, diesen Schritt zu wagen.

Danke auch an meinen Mann und meine Kinder, die mich so großzügig unterstützen und mir den Rücken freihalten, damit ich Zeit zum Schreiben finde.

Ein herzliches Dankeschön an all meine Leser, die meine Geschichten lesen und damit meinen Traum, Schriftstellerin zu sein, verwirklichen. Ich wünsche euch viel Spaß mit den Figuren und wenn euch das Buch gefallen

hat, würde ich mich über eine Sternebewer-
tung oder eine kurze Rezension sehr freuen.

Über die Autorin

Marina Prokopp lebt mit ihrem Mann und ihren zwei Kindern in Niederösterreich. Die Autorin war schon in ihrer Kindheit von Büchern fasziniert und seit 2016 leitet sie ehrenamtlich die Bücherei in ihrer Heimat. Sie liebt es, Geschichten zu schreiben und in fremde Länder zu reisen.

Ihr könnt Marina auf Instagram oder Facebook finden.

Merry Christmas – Ein Fest der Liebe

Emma hat eine harte Zeit hinter sich. Die Rechnungen türmen sich und die alleinerziehende Mutter kann sich und ihre entzückende Tochter Nora kaum über Wasser halten. Endlich geht es bergauf, denn der Banker Paul hat um ihre Hand angehalten.

Doch Nora kann den kühlen Mann nicht leiden. Die Kleine schreibt einen Brief an das Christkind und wünscht sich einen anderen Papa. Am besten würde ihr der smarte Geschäftsmann Adam Stone gefallen, den sie neulich kennengelernt hat ...

Never without you – Verführ mich noch einmal

Bei einem Unfall verliert der erfolgreiche Geschäftsmann Jackson Miller sein Gedächtnis. Die Ereignisse des letzten Jahres sind komplett ausgelöscht. Die Ärzte verordnen ihm Ruhe und Geduld, aber Jack ist es nicht gewohnt die Zügel aus der Hand zu geben. Einzig die Aussicht, Zeit mit seiner wunderbaren Ehefrau Ella in ihrem zauberhaften Strandhaus zu verbringen, besänftigt den smarten Workaholic. Doch warum verhält sie sich so seltsam?

Ein Anruf des Krankenhauses ändert Ellas Leben dramatisch: Jackson hatte einen Unfall. Ihr Ex-Mann hat sein Gedächtnis verloren und glaubt, dass sie immer noch ein Paar sind. Ein Blick in seine bittenden grünen Augen und sie lässt sich auf ein gefährliches Spiel ein. Doch Ella schwört sich, sie wird nur so lange bei ihm bleiben, bis es ihm besser geht, dann wird sie ihn wieder verlassen ...